疑う眼差し

身代わり若殿　葉月定光５

佐々木裕一

角川文庫
22097

目次

序章

広島の町では、北風に流されてきた初雪が舞った。瀬戸《せと》内海《ないかい》をのぞむ方角の空は晴れているが、城下の北に遠望できる山の上の空は、どんよりとした雪雲が覆っている。

そんな日の昼下がり、初代藩主、浅野《あさの》但馬守《たじまのかみ》長晟《ながあきら》が家老の上田《うえだ》宗箇《そうこ》に命じて造営させた別邸の部屋に、当代藩主の浅野安芸守《あきのかみ》綱長《つななが》と村上《むらかみ》信虎《のぶとら》がいる。

別邸の庭（現在の縮景園《しゅっけいえん》）は、楓《かえで》の葉が地面を赤く染めて美しい。泉水の底には沈んだばかりの赤や黄の葉が見え、その上を優雅に泳ぐ緋鯉《ひごい》が絵になる。

だが、部屋にいる藩主と重臣の関心は、目の前にある土鍋《どなべ》だ。

「信虎、うまいのう」

「はい。寒い日はこれにかぎります。殿、火が通りましたぞ」

「味噌《みそ》をたっぷり付けてくれ」

差し出した陶器の小鉢に、味噌を付けた牡蠣《かき》が入れられた。熱いのを口に運んだ綱長は、至極の喜びを表情に浮かべて、しばし無言で食べている。

将軍綱吉《つなよし》が出した法令により、貝を生きたまま売ることを禁じられているこの時代、寒い時期に旬を迎える広島の牡蠣は、むき身にして売られている。

ここ広島城下でも、むき身の牡蠣を鍋にして食べるのは町の者たちの楽しみの一つだ。

牡蠣が好物の綱長も、気心知れた信虎を誘って久々の味を堪能《たんのう》していた。

小姓が声をかけたのは、鍋の具も少なくなった頃のことだ。

「殿、浅野右近《うこん》殿と上田《うえだ》主水《もんど》殿がお目通りを願うておりまする」

筆頭家老の右近と次席の主水は、藩政を司《つかさど》る重臣である。

綱長は箸と器を膳に置き、小姓に顔を向けた。

「何かあったのか」

「江戸から、火急の文が届いたそうにございます」

「何、江戸からじゃと」

綱長は信虎と顔を見合わせた。

火急の知らせと聞いた二人の頭に真っ先に浮かんだのは、将軍家旗本・葉月定光《はづきさだみつ》の身代わりにさせている虎丸《とらまる》の顔だ。

綱長にとっては血を分けた子。信虎にとっては、我が子同然に育てた可愛い身。二人は、虎丸の正体がばれたのではないかと案じた。

「通せ」

緊張した顔で命じる綱長に応じた小姓が下がって程なく、右近と主水が部屋に入ってきた。

鍋から離れて部屋の下座に移動している信虎を一瞥《いちべつ》した二人は、綱長の前に並んで正座して頭を下げ、右近が開口した。

「殿、良い知らせと悪い知らせがございます」

綱長は不安そうな顔をしている。

「悪いほうは虎丸のことか」

「両方でございます。まずは良いほうから」

「うむ。二人とも楽にいたせ」

右近は主水と共に頭を上げ、両手を膝《ひざ》に置いて続ける。

「江戸留守居《るすい》役からの文によりますと、大坂《おおざか》の海を荒らしていた鬼雅《おにまさ》とその一味を葉月家の者たちが江戸前の海で捕らえ、あっぱれ葉月と、御公儀で評判になっているそうにございます」

綱長は嬉《うれ》しそうに身を乗り出した。

「おお、そうか。して、悪いほうはなんじゃ」

右近は主水を促した。

かわった主水が、懐から一通の手紙を出し、綱長に膝行《しっこう》して差し出す。

「葉月家用人、坂田五郎兵衛《さかたごろべえ》殿から届いた密書でございます」

目を通した綱長は、目を見張った。

「虎丸が、姿を消しただと」

右近がうなずく。

「そのようです」

綱長は、不安そうな顔をしている信虎に密書を渡し、主水に言う。

「こたびばかりはばれるかもしれぬと書いておる。虎丸の奴、わしに恥をかかせる気か」

「坂田殿は、無理をさせ過ぎたと後悔しておられる様子。長らく寝所に閉じ込めたとも書いております」

「信虎、まさか尾道《おのみち》に帰ってはおるまいな」

綱長に問われて、信虎は頭《かぶり》を振る。

「おりませぬ」

「気付いておらぬだけではないのか。天亀屋《てんかめや》の者が匿《かくま》っておらぬか」

「万に一つもございませぬ」

「なぜ言い切れるのだ」

「若君は、そのように無責任なお人ではございませぬ。きっと、何かよほどのことがあったに違いございませぬ」

信虎はそう言うが、右近と主水は厳しい顔をしている。

世話になった葉月家が断絶の危機にあった時、恩返しのつもりで亡き若殿定光に瓜《うり》二つの虎丸を身代わりに行かせた綱長であるが、今になって後悔の念に駆られていた。

血を分けた虎丸のこともそうだが、秘密を柳沢吉保《やなぎさわよしやす》に知られれば、浅野本家を潰《つぶ》しにくるはず。

綱長は二人の家老に言う。

「葉月家に誰かを使わすか」

主水が険しい顔で即答した。

「それはなりませぬ。もはや若君と浅野は、いっさい繋《つな》がりはございませぬ」

「冷たいのう」

「御家のために、ご辛抱ください」

「まずいことになった」

心配だが、主水が言うとおり静観するしかない。

もどかしく思う綱長は、信虎から密書を受け取ると、火鉢で焼き捨てた。

第一話　町の湯屋

一

「先生、顔色がよ《良く》おなったように見えるけど、どうなん？」

虎丸の寝顔を見ている鯉姫《こいひめ》が訊《き》くと、書物を読んでいた坂本一包《さかもといっぽう》が顔を向けた。

「まだ目まいがすると言《い》うていたから、毒は残っているだろう」

「しっこい毒じゃね」

「じわじわと身体に染み込ませるように毒を使われているのだ。それだけ臓腑《ぞうふ》が弱っているからな、すぐ治るというわけにはいかん。しかし、何も眠らせなくてもよいのではないか」

「朝餉《あさげ》を食べる時、葉月の家に帰るゆうてよった《言ってた》けぇ飲ませるしかなかったんよ」

虎丸の寝顔を見つめる鯉姫に、一包はふっと笑った。

「帰ってほしくないようだな」

「そういう意味じゃない。帰らせて死なれたら、寝ざめが悪いと思っただけよね」

「ほんとうにそれだけか？」

探るように言われて、鯉姫は一包を見た。にやけている一包に、むきになる。

「変な勘ぐりはやめてぇや。気持ち悪い」

「ほほ」

恐れたような顔をした一包は、読み物に顔を戻して言う。

「だが、虎丸殿は身代わりとはいえ、葉月家のあるじ。今頃、御家は大騒ぎになっているぞ。黙ったままは、良くないのではないか」

「毒を盛られると分かっとるのに、帰らせるわけにはいかんよね」

「葉月家の信用できるお方に、文を書いたらどうだ。せめて無事が分かれば、安心されるだろう」

それもそうだと思った鯉姫は、しばらくどう書くか考え、一包に紙と筆を借りて文をしたためた。

「翔《しょう》、おる？」

「いますよ」

隣の部屋から声がして、翔が襖《ふすま》を開けて顔を見せた。

鯉姫は文に封をしながら言う。

「頼まれてくれる？」

「いいですとも。誰に渡します？」

「葉月家の、竹内《たけうち》家老に渡して」

「そいつは信用できるので？」

「虎丸はそうよったけん、大丈夫でしょう」

「分かりやした。ちょいと行ってきます」

出かける翔を表の戸口まで見送った鯉姫は、部屋に戻って虎丸の寝顔を見るなり、呆《あき》れた顔で一包に言う。

「呑気《のんき》に笑ようる。なんの夢見ようるんじゃろう」

一包は虎丸を見て、鯉姫と笑った。

虎丸を病と偽り、あたかも寝所で床に臥《ふ》しているように見せかけていた竹内与左《よざ》衛門《えもん》は、今日も虎丸が不在の部屋に集まり、坂田五郎兵衛らと共に、今後のことについて協議していた。

「家中の者の不安が高まっておりますぞ」

訴える五郎兵衛に対し、常に冷静な竹内は真顔で答える。

「誰も寝所に近づけぬことは、今にはじまったことではない。若殿は持病が再発した。今はそれで良いのだ」

「そう申しても、こたびはどういうわけか収まりませぬ」

「中には、殿はすでにこの世におられぬのではないかと言う者がおります」

五郎兵衛に続いた小納戸役《こなんどやく》兼小姓組頭《こしょうぐみがしら》の恩田伝八《おんだでんぱち》に、竹内は厳しい顔を向ける。

「それは誰が申した」

「下男が庭掃除をしながら話しているのを耳にしました」

竹内は腕組みをして考えた。

「誰かが不安を煽《あお》っているようだな」

しばし沈黙が続き、五郎兵衛が言いにくそうな顔で口を開いた。

「また病がぶり返したことにしているのですから、不安に思うのは当然かと。このままお戻りにならなければ、隠し通すのは難しいですぞ。若殿はいったい、どこに行かれたのか」

嘆く五郎兵衛に、伝八が言う。

「負けず嫌いの鬼雅は、誰に捕らえられたか口を割りませんでしたが、あれは若殿に決まっています。ご気分が優れぬまま無理をされて、どこかでお倒れになられたのではないでしょうか」

するとと竹内が、厳しい目を向けた。

「武蔵屋《むさしや》を調べたが、変わった様子もなく、若殿がおられるとは思えぬ。また行方を捜すにしても、へたに動けば家中の者たちが怪しむ。今は寝所を守り、お戻りになるのを待つしかないだろう」

五郎兵衛が、竹内に不安そうな顔を向けた。

「若殿は身代わりに嫌気が差し、出奔されたのでは」

すると竹内が睨《にら》んだ。

「若殿は、乗った船は沈めん、とおっしゃられた。あの言葉を信じていないのか」

「信じています。いますが、何せまだお若い。考えてみれば、我らは酷《ひど》い仕打ちをしたものです」

「我らを捨てて逃げたと、こころのどこかで思っているのか」

「思いたくはございませぬ。ですが、現に若殿はお戻りになりませぬ。もはや、これまでかと」

茫然《ぼうぜん》自失の五郎兵衛を見つめた竹内は、ひとつ息を吐いて肩の力を抜いた。

「伝八、皆を集めよ」

「御家老、まさか……」

不安がる伝八に、竹内はうなずく。

「皆に真実を伝えた後、わたしは公儀に詫《わ》び状を送って腹を切る」

伝八が焦った色を浮かべる。

「いましばらく、若殿を捜してみませぬか」

「もはや、江戸にはおられぬかもしれぬ」

「あきらめるのは早《はよ》うございます」

伝八がそう言った時、竹内は口を制して廊下に顔を向けた。

次の間の外障子に人影が座る姿が映る。

「御家老、ご足労願います」

六左《ろくざ》の声に、三人は顔を見合わせる。

「何ごとだ」

問う竹内に、六左は答えない。

立ち上がって行き、障子を開けると、六左は厳しい顔を上げた。

「鯉姫の手下と申す者が、御家老と会わせろと申して門番と揉《も》めておりましたゆえ、別のところで待たせております」

小声で言う六左に、竹内は虎丸のことと察した。

「案内しろ」

五郎兵衛たちを残して障子を閉めた竹内は、六左に付いて屋敷を出た。

向かったのは、屋敷近くの、人気がない路地だ。武家屋敷の漆喰《しっくい》壁に囲まれたこの路地の左右は窓のない長屋塀のため、人に聞かれる恐れがない。

待っていた若者は、

「竹内さんかい」

油断のない立ち姿で、探る目を向けた。

「いかにも。鯉姫の手下が、わたしになんの用だ」

若殿のことか、と訊きたい気持ちを押さえている竹内は、真顔で手下を見ている。

対する翔は、竹内に警戒する眼差《まなざ》しを向け、懐から鯉姫の文を出した。

「これを預かった。用はそれだけだ」

表に何も記されていない文を竹内が受け取ると、翔は油断なく下がり、きびすを返して走り去った。

竹内は、はやる気持ちをおさえて文を懐に入れ、屋敷に戻った。

六左を見張らせて寝所に入ると、待っていた五郎兵衛と伝八に言う。

「文だ。若殿のことかもしれぬ」

そう言って座り、小柄《こづか》で文の封を解く。

(虎丸は毒に侵されとるけん、うちが面倒を見る。返してほしんなら、毒を盛ったもんを見つけてしごぉしんさい。捕まえたら、湯島天神《ゆしまてんじん》の本殿から三本目の梅の枝に、同封した印をぶら下げんさい)

鯉姫の手紙を読んだ竹内は、赤と橙《だいだい》が鮮やかな組紐《くみひも》を手に持って見る。

そしてまた手紙を見つめ、難しい面持ちで首をかしげた。

「しごぉ。とは、どういう意味だ」

文面をのぞき込んだ五郎兵衛が、眉間《みけん》に皺《しわ》を寄せる。

「怒っている様子ですから、こらしめろという意味では」

「毒とはどういうことだ」

声に出した竹内は、同時に、辛《つら》そうだった虎丸の様子を思い、五郎兵衛を見た。

五郎兵衛も、驚きを隠せぬ顔をしている。

二人に目を向けられた伝八は、心外そうな顔をする。

「ありえませぬ。毒見には自信がございます」

「分かっている」

五郎兵衛が言い、文を伝八に渡してやった。

目を通した伝八が、驚いた顔を上げる。

文には続きがあった。

(身体から変な匂いがしょうるのは何かと虎丸に訊いたら、薬湯《くすりゆ》の匂いじゃゆうてよったけど、混ざっとるよ。毒見役は寝ぼけとるんね)

「風呂《ふろ》が怪しいと書いています」

伝八の訴えに、竹内はうなずく。

伝八は続けた。

「しかし、若殿の湯浴《ゆあ》みに関わる三人は、皆素性が知れた者です。ありえませぬ」

湯殿の係りは、侍女のお静《しず》と久美《くみ》。

二人は虎丸が葉月家に入った以降に雇った者だが、竹内の親戚筋《しんせき》の者で素性は確か。

残るは、湯を沸かしている下男の藤吉《とうきち》。

しかし初老の藤吉も、竹内の親戚に奉公していた下男を譲ってもらった者だ。

それゆえ、伝八は疑っていない。

だが竹内は、眉《まゆ》一つ動かさない様子で言う。

「そこに油断が生じたのかもしれぬ。三人を調べる」

「どうやって調べられます」

訊く五郎兵衛に、竹内はその場で考えついたことを教えた。

五郎兵衛と伝八は竹内の知恵に従い、その日の夜に動いた。

五郎兵衛は寝所から出ると、藤吉と二人の侍女に、

「殿が湯をお望みだ」

と偽り、支度を命じた。

病を案じていた藤吉は、久しぶりだと言って喜び、さっそく湯を沸かしにかかった。

侍女たちは、湯が沸くまでに湯殿を清潔にし、いそいそと励んでいる。

隠れて見ていた六左の目に、怪しい動きはなかった。

やがて湯の支度が調ったとの知らせがくると、伝八が湯殿に行き、

「すまぬが、殿はまた熱が高《たこ》うなられた」

あたかも心配そうに嘘をついて三人を湯殿から下がらせた。

檜《ひのき》の湯船には、薄茶の薬湯が湯気を上げ、良い香りがしている。

「これが毒だと申すか」

伝八は信じられぬと独りごち、誰も見ていないことを確かめると、懐に隠していた竹筒に湯を取った。

すぐさま寝所の納戸に戻り、六左と共に調べた。

そして二人が出した答えは、否だ。

報告を受けた竹内は、珍しく表情を曇らせた。

「湯でないとすれば、いったい誰が、どこで毒を盛ったというのだ」

そう言って考える竹内に、六左が言う。

「我らの動きを読み、こたびは湯に毒を入れなかったかもしれませぬ」

竹内はうなずいた。

「では、日を改めてもう一度調べよう」

だが、次も出ず、三度目の薬湯にも毒は入っていなかった。

五郎兵衛は、毒を盛った者などいないのではないかと言ったが、伝八が否定した。

「若殿の苦しそうなお姿を思い返せば、ないとは言い切れませぬ。口に入れられる物ばかりに気を取られていたわたしの迂闊《うかつ》が招いたこと。このようなことになり、申しわけございませぬ」

悲痛な面持ちで両手をついて詫びる伝八に、竹内が言う。

「とにかく、今のままでは若殿を戻すことはできぬ。なんとしても、毒を盛った者を見つけ出すのだ」

そう言ったものの、虎丸が不在のままで湯殿の支度をさせるのには限界がある。

竹内たちは、焦るばかりだった。

二

「今日で何日目や」

白むすびと味噌《みそ》汁を出してくれた鯉姫の顔色をうかがう虎丸。

鯉姫は、熱いうちに食べろと言って、答えにならぬ言葉を返した。

身体が軽く、以前の自分に戻ったように感じる虎丸は、食事には手を付けずに立ち上がろうとしたのだが、鯉姫が袖《そで》をつかんだ。

「死にに帰るんね」

「死にゃぁせんよ《死ぬものか》」

袖を離そうとした虎丸の手を鯉姫がつかみ、見つめてくる。

「ええけん、食べんさい」

「また眠らそうとしとるんだろうが、もうその手はくわん。家が心配じゃけ、離してくれ」

「竹内家老に文を送った」

虎丸は驚いた。

「はあ？　なんじゃゆうて送ったん」

「毒のことに決まっとるじゃろ。毒を入れた奴を見つけるまで帰らせんゆうて書いたけん、今頃必死に捜しょうるはずよ」

虎丸はあぐらをかいて、鯉姫の目を見た。

「ほんまに毒なんか」

鯉姫は真剣な顔でうなずいた。

「一包先生が言うんじゃけ、間違いない。後少しで、あんたは死んどったんよ」

「そういうことだ」

廊下で声がして、一包が部屋に入ってきた。

虎丸が焦りの色を浮かべた。

「先生、ほんまに毒なんか」

「ああ、毒だ。顔と首、手、そして足首あたりがほのかに赤くなっていた。気付かなかったのか」

虎丸は首をかしげた。

一包が言う。

「まあ、無理もなかろう。血のめぐりで赤らむこともあるから、毒を疑わなければ気にならぬ程のものだ。そろそろ外へ出てもいいだろう。仕上げに行こうか」

誘う一包に、虎丸は顔を見上げた。

「仕上げ？　どこへ行くつもりや」

「肌に染み付いた毒を流すのは、湯屋で汗を流すのが一番だ。まだ目まいがするだろう。薬と併用すれば、もっと早く楽になるぞ」

確かに言われるとおり、こうしていても時折、ふらっとすることがある。

医者の言うことを信じることにした虎丸は、鯉姫に覆面を支度してくれと頼んだが、一包が止めた。

「人が多い江戸では、旗本の若殿が町人の身なりをして歩いていても分かりはしないし、万が一公儀の者に顔を見られても、川賊改役控《かわぞくあらためやくひか》えを拝命する葉月家のあるじとして、お忍びで市中を警戒していたと言えばいいんじゃないのか」

「なるほど、その手があったか」

目から鱗《うろこ》の虎丸は、羽織袴《はかま》ではなく、藍《あい》染めの小袖のみを身に着けている今の己の姿を見た。

「先生、ええことを教えてくれた。湯屋とやらに連れてってくれ」

「よし、出かけよう」

「鯉姫も行くか」

虎丸が誘うと、鯉姫はうろたえた。

「うちは行かん」

「なして《なんで》」

「行かんゆうたら行かん」

顔をそむける鯉姫のことを不思議がっていると、一包が教えてくれた。

「鯉姫は湯屋がきらいなのだ。しつこく誘ってやるな」

虎丸は驚いた。

「湯に入らんのか。きしゃない《汚》のぅ」

「うるさい。家でいくらでも清められるわ。翔、翔!」

呼ばれた翔が部屋に顔を出した。

「あんたも湯屋に行きんさい。虎丸が逃げんように見張っといて」

翔は笑った。

「頭《かしら》は、虎丸さんがいると芸州弁《げいしゅう》がきつくなるね。それだけ気を許しているってことですか」

「うるさい。早よ行け」

睨まれて首をすくめた翔は、虎丸を促した。

浅草蔵前《あさくさくらまえ》の町は、羽振りが良い札差《ふださし》たちが軒を並べていてにぎやかだ。

見回した虎丸は、感心する。

「他の町にある商家とは違《ちご》うて、立派な建物じゃのう」

翔がうなずく。

「何せ天下の札差ですからね。先生がおっしゃるには、この時期は武家から米の換金を求められるそうで、手間賃だけでもかなりの銭が入るとか」

「ふぅん、そうなんか」

「どうでもいいようなお返事をされますがね虎丸さん、葉月家も世話になっているんじゃないですか」

「金のことは家老がするけぇ、よう分からん」

すると前を歩いていた一包が立ち止まった。

「外では芸州弁に気をつけなければ、公儀の者に呼び止められた時に困りますぞ」

言われて顔を隠していないことに気付いた虎丸は、はっとしてあたりを見回した。

翔が笑う。

「大丈夫。誰も気にしていませんよ」

「いや、油断はできぬ」

「あれ、急に武家言葉になったよこの人は」

ちゃかしたように言う翔に、虎丸は真面目な顔を向ける。

「先生が申すとおり、危ないところであった」

「いや、いやいや、町人の身なりでその言葉も変でしょう」

「それもそうじゃの」

虎丸はにこりと笑い、肩の力を抜いて一包に向く。

「まあ、公儀のもんは、例のお方が外を出歩きょうるとは思わんじゃろう」

人に聞こえるのを気にして葉月の名を出さない虎丸は、うなずいて歩きはじめた
一包に続いて通りを進んだ。

蔵前の大通りから外れた川沿いの通りに行くと、一包が立ち止まる。

「あそこですよ」

示された向かいの建物は、瓦屋根《かわら》の二階建て。

虎丸はいぶかしむ顔を向ける。

「武具屋に湯があるんか」

翔が吹き出した。

「ほんとに、何も知らないんですね」

虎丸は二階を指差す。

「ほいでも見てみい、矢を番《つが》えた弓が吊《つる》してあるがの」

「弓射る、ゆみいる、湯に入《い》る。江戸っ子の洒落《しゃれ》ですよ。湯屋の看板です」

「ははぁ、ほうなんか。町で見よったけど、江戸は武家が多いけぇ、てっきり武具屋かと思いよった」

「行こうか」

感心していた虎丸は、誘う一包に応じて通りを横切った。

生まれて初めて湯屋に来た虎丸は、慣れた様子の一包と翔に続いて中に入った。外にくらべて湿気が多く温かい部屋で着物を脱いでいると、翔が肌を見て言う。

「背中の傷は、刀傷ですかい」

「ほうよ」

五年前に瀬戸内で海賊とやりあった時に負った傷は、今でも時々うずく。

そのことを教えると、翔はまじまじと身体を見た。

「屋敷に閉じ込められていたわりには、良い体軀《たいく》をしていますね」

「部屋の中で鍛えよったけぇの。ほいじゃけど、前にくらべたら力が落ちた気がする」

虎丸は腕の筋肉を盛り上げ、胸筋をたたきながら一包に続いて風呂場に入ったその時、目に女の裸が入った。

洗い場は女ばかりだ。

虎丸は慌てた。

「先生！」

腕を引いて止めると、一包は何ごとかという顔で振り向く。

「どうした」

「どうしたじゃないよ。入り口を間違えとる。ここは女風呂じゃ」

一包は笑った。

「お前さんの故郷は、男と女がきっちり分けられているのか」

空いた場所に座る一包の横に座り、小声で言う。

「わしは湯屋に行ったことがないけぇ知らん。一緒に入るもんなんか」

「江戸では、水と薪《まき》を節約するために男も女も一緒に入ることになっている。どこもそうだ」

「そういうことか」

虎丸は、湯気で霞《かす》む洗い場を振り向いた。

老若の女たちが楽しそうに話をしながら身体を洗っている姿に、虎丸のほうが恥ずかしくなって前を向いた。

「鯉姫も来《き》ょうるん？」

「一緒に入ったことはないが、来ているはずだ」

「ふぅん」

そんなものなのかと思い、翔から柘榴口《ざくろぐち》だと教えてもらった狭くて低い出入り口をかがんで入り、薄暗い中で湯に浸《つ》かる。

「ああ、気持ちええ」

熱い湯に浸かっていると、次第に裸の女が気にならなくなるから不思議だ。

「あかと一緒にしっかり毒を落とすことだ」

一包が頼んでくれたあかすり男に身体を洗ってもらいながら、後から入ってきた町の男と女の会話をそれとなく聞いていると、忠臣蔵《ちゅうしんぐら》の芝居の話をしていた。

江戸の者たちには記憶に新しい事件は、生々しささえ感じさせる。

吉良《きら》の生き残りが、見捨てた公儀を恨んでことを起こそうとしているという噂話が耳に入り、虎丸は驚いた。

広島の殿が、縁坐《えんざ》を救うてくれた葉月家に恩を返すために、若殿定光の身代わりになってくれと頼んだ時の顔を思い出した虎丸は、必死に家を守ろうとしている竹内や五郎兵衛、そして伝八のことを思い、胸を痛める。

「今頃、みんなどうしょうるかの」

独り言に、あかすり男が手を止めた。

「なんです?」

「いや、なんでもない」

「気持ち悪いところはないですかい」

「ない。ええ気持ちじゃ」

あかと共に毒を洗い流しているのだと思うのと同時に、命を狙うのは誰だろうかと考える。

葉月家を毛嫌いする柳沢だろうか。あいつしかいない、と思う虎丸は、そのしつこさに腹が立ち、葉月家の家臣たちのためにも、殺されてなるものかと思う。

そして、竹内たちは心配しているだろうとも思い、なんとか繋《つな》ぎを取ることはできないものかと考えた。

翔の視線を感じたのはその時だ。

助けてくれようとしている鯉姫の気持ちを考えると、翔を振り切って屋敷に帰るのも気が引ける。何かよい手はないものかとあれこれ考えていると、突然、女の金切り声があがった。

「なにすんだい！」

叫んだ女が、若い男の顔を平手打ちし、冷や水をぶっかけた。

「何ごとや」

驚く虎丸に笑ったあかすり男が、

「助兵衛《すけべえ》野郎が尻《しり》でも触ったんじゃないですかい」

と、驚きもしない様子で言う。

女は怒ったものの、水をかけられた男があやまって逃げ帰ったことで気がすんだのか、隣の女と何ごともなかったように笑って話をしている。

その隣の女と目が合った虎丸は、すぐにそらして、また考えごとをした。

手を離したあかすり男が、湯をかけてくれた。

「へい、終わりました」

「ありがとう。気持ち良かった」

「お代はいただいてますんで、また使ってやってください」

一包はいつの間に払ったのだろうと思いながら、礼を言って立ち上がった。桶《おけ》に湯を入れて戻り、顔を洗っていると、隣へ座る人の気配がして、目の端に色白の足が見えた。

「あんた、見ない顔だね」

言われて見ると、先ほど目が合っていた女が薄い笑みを浮かべて、自分で乳房をもんでいるではないか。

「どうだい、あたしの裸、きれいだろう」

年上女の大胆さに、虎丸はたじたじだ。

何も言えないでいると、女はさらに近づいてきた。

「こら、何をしている。あっちへ行った行った」

助けてくれたのは、先ほどのあかすり男だ。

女はぷいっと顔をそむけて、友人のところへ戻った。

「助かった」

虎丸が礼を言うと、あかすり男がいいんですよ、と言って横に座り、小声で言う。

「ああ見えて、立派な札差の娘です。嫁いでいたが亭主に浮気をされたか何かで、出戻ったばかりなんですよ。寂《さみ》しいから誘いをかけたんでしょうが、今のようなことしていたんじゃ、湯女《ゆな》を置いているって噂になり、お上から目を付けられますんで気を付けて見張っているんです」

訊いてもいないことをしゃべる口が軽い男だと思った虎丸は、町の湯屋の噂話の多さに驚きもしていて、正体を偽る身としては、なんとも危ない場所だと思った。

湯屋を出て夜道を歩きながら、虎丸は一包に気持ちを伝えた。

「二度と行きとうない」

すると一包は笑った。

「札差の娘には驚きましたね。あんなのは希《まれ》ですよ」

「そうじゃない。人の噂ばかり聞こえてきたけぇ、新入りのわしのことも探られようる気がしていけんかった。正体がばれるかもしれんけぇ行かん」

一包は笑った。

「町の連中は確かに噂話が好きですけど、こちらが気をつけていれば大丈夫。自分のことを言わなきゃいいんですよ」

「目立たにゃええってことか」

「はい」

すると翔が近づいてきた。

「顔見知りの男に虎丸さんの背中の傷のことを訊かれましたんで、やくざもんと喧《けん》嘩《か》をして斬られたことにしておきました。そしたら、なんて言ったと思います？」

「なんじゃゆうたん」

「どこかの若旦那《わかだんな》が賊に襲われたのだと思っていたと言いましたもんで、そうだとつい口が言ってしまいまして、そういうことになりました。すいやせん」

「町人の身なりをしとるんじゃけ、そのほうが都合がええ。よう言うてくれた」

聞いていた一包が笑い、虎丸に言う。

「旨《うま》い甘酒屋があるから、湯上りに飲んでいかないか」

「ええの、行こ」

若殿の次は若旦那か。町の者たちが町人と信じているなら、気兼ねなく湯屋に通える。大きな湯船に浸かって汗を流したことで気分が良い虎丸は、なんだか嬉しくなった。このまま町で暮らすのも悪くないと思いながら、札差が並ぶ通りを歩いている時、ふと、葉月家が借財をしている双井屋判太郎《ふたいやばんたろう》のことが頭に浮かんだ。町の暮らしも良いと思いつつ、やはり葉月家のことが気になるのだ。

「先生、このあたりに双井屋いう札差がないか」

「あるぞ」

それがどうしたのかという顔をする一包に、虎丸は、場所だけでも知りたいと思い案内を頼んだ。

一包は探る顔をする。

「葉月家は双井屋を使っているのか」

「うん。せっかくここに来たけぇ、葉月家のあるじとしてあいさつをしたい」

「あいさつ」

「借財をしとるけぇ、市中見回りのついでに寄ったことにして、世話になっとる礼を言いたい。屋敷では、なかなかできんけぇの」

「それだけが目当てではないのでは？」

一包が疑うと、翔が歩くのを止めた。

「虎丸さん、何をたくらんでいるんです」

「なんもたくらんじゃおらんよ。案内してくれんのならええよ。自分で探す」

翔をどかせて行こうとした虎丸に、一包が言う。

「そっちは逆方向だ」

立ち止まった虎丸が通りを戻ろうとすると、一包が案内すると言ってくれた。

双井屋は蔵前通りの中心地にあり、建物も他とくらべて大きく立派だった。草色の暖簾《のれん》を潜る一包に付いて入ると、帳場で書き物をしていた番頭が気付き、明るい顔をして立ち上がった。

「一包先生、いらっしゃいませ」

「おお、番頭さん。邪魔するよ」

「どうぞどうぞ、こちらへ」

上がり框《がまち》を示されて行こうとする一包の袖を虎丸が引く。

「なんだ、知っていたのか」

武家言葉を意識している虎丸に驚いた様子の一包が、笑みを浮かべた。

「ご隠居が寝込んだ時に、診ていたのだ」

それならそうと早く言えと思った虎丸であるが、口には出さずに微笑む。

「すまん、鯉姫には言わないでくれ」

そう言うと一包を追い越し、広い三和土《たたき》を歩いて番頭のところへ行った。

初めて見る虎丸に、番頭は穏やかな顔をしている。

「どうぞ、おかけください」

上がり框の敷物を示す番頭に、虎丸は言う。

「わたしは葉月家のあるじだ。川賊改役として、お忍びで大川《おおかわ》を見回ったついでに立ち寄った。判太郎殿はおられるか」

町人の身なりをしている虎丸に、番頭は上から下まで見て表情を硬くした。

「病と聞いておりましたが……」

耳が早い。

一瞬動揺した虎丸だったが、

「今日は、気分がよいのだ」

気持ちを落ち着かせて言うと、番頭は探るような目をした。

「まさか、借財の申し入れですか」

「そうではない。あいさつをしたいだけだ」

すると番頭は、穏やかな顔になった。

「あるじはおります。少々お待ちを」

奥へ入る番頭を見送った虎丸は、中を見回した。

大金持ちと言われている札差だけに、家の作りはさぞや豪勢なものかと思いきや、外見にくらべて中はそうでもない。柱も土壁も、武蔵屋小太郎《こたろう》の家と同じようなものだ。

「もっと豪勢な家を想像していたような顔をしているな」

言われて顔を向けた虎丸に、一包が続ける。

「江戸は火事が多いから、いつ焼けるか分からない。だから建物に金をかける者はほとんどいないのだ。そのかわり、同じ家をすぐ建てられるだけの材木を持っている。江戸に暮らす者たちの知恵だな」

「そういうことか」

葉月家はどうしているのかと思っていると、座敷に番頭が戻り、続いて上等な着物と羽織を着けている男が現われた。

想像していたより若い男は、まだ二十代後半だろうか。番頭が示す虎丸を見て、唇に薄く笑みを浮かべて頭を下げ、板の間に正座した。

「双井屋のあるじ、判太郎にございます」

「葉月定光だ」

「若殿様、ようこそおいでくださいました。さ、お上がりください」

判太郎に奥の座敷へ案内された虎丸は、改めて向き合った。

以前五郎兵衛から、小判の判と書いて判太郎というのだと聞いていた虎丸は、がめつそうな顔を勝手に想像していたのだが、実物はすっとした面立ちで、小粋な雰囲気がする好《い》い男だ。

若い女中が茶菓を出して下がるのを潮《しお》に、判太郎が口を開いた。

「幾度か御屋敷へ上がらせてもらいましたが、こうしてご尊顔を拝すのは初めてのこと。失礼ですが、わたしが思う若殿とはかけ離れて、たくましい感じがします。

ほんとうに、病を患っておられたのですか」

遠慮なく訊くところがまたいい。

虎丸は笑みを浮かべる。

「今もこうして、一包先生の世話になっている。体軀は生まれつきだ」

「ご先代様に似られたのですね」

判太郎は真面目な顔で言い、それ以上は訊かなかった。

「実は頼みがある」

虎丸が言うと、番頭の顔色が変わった。

「葉月様、借財ではないとおっしゃったはずです」

小うるさい番頭に、虎丸は笑う。

「そのとおりだ。頼みとは、ちと厄介なことが起きたゆえ、葉月の屋敷へ使いを行かせてほしい。判太郎殿、竹内をここへ呼んでもらえないだろうか」

「おい」

虎丸につかみかかろうとした翔を一包が止めた。

その様子を見た判太郎が、見定める眼差しを虎丸に向ける。

判太郎と初めて会う虎丸は、口が堅そうで、堂々とした男っぷりを見込んで、咄《とつ》嗟《さ》に思いついたのだ。

「頼まれてくれぬか」

目を見つめる虎丸に、判太郎はうなずく。

「おやすい御用です。番頭さん、誰か人をやっておくれ」

「かしこまりました」

「すまないが、他の家臣にはこのことを知られないよう、竹内だけに知らせてくれ」

番頭がいぶかしむ顔をした。

「どうしてです」

「わけは訊かないでくれ」

虎丸が言っても、番頭は納得がいかぬ顔をしている。

「こっそり抜け出してこられたからですよ」

教えたのは一包だ。

驚いた虎丸が見ると、一包は笑った。

「本来なら、まだ床についていなければならないというのに、役目のことが気になってしまい、黙って出てこられた。困ったお人です」

「それを言うな」

虎丸が話を合わせると、信じた番頭は素直に応じて手代を呼び、葉月家に走らせた。

判太郎が言う。

「竹内様がいらっしゃるまで、ごゆるりとしてくださいませ。わたしは仕事がありますので、何か御用の時はお声かけください」

「すまん。恩に着る」

「いえいえ」

判太郎は笑みを浮かべて下がった。

不機嫌な翔が、何か言いたそうな顔で見ている。

虎丸は手を合わせて詫びた。

「そう怒るな。どうしても、竹内に言いたいことがあるのだ」

「頭が怒るぞ。どうなってもおれは知らないぜ」

「黙っていてくれ」

虎丸は一包と翔に手を合わせ、それからは静かに待った。

三

竹内と五郎兵衛が駆けつけたのは、程なくのことだ。知らせを受けてすぐに屋敷を出たという二人は息を切らせ、額に汗を浮かべている。

竹内は相変わらず感情を表に出さないが、虎丸には、安堵《あんど》しているのが見て取れた。

「若殿、ご無事で、ご無事でようござい……」

感極まって涙を流す五郎兵衛をなぐさめた虎丸は、竹内を見た。

目顔を見取った竹内が、判太郎と一包に下がるよう命じる。

応じた判太郎が手代を連れて下がり、一包は翔を連れて出た。

三人になったところで竹内に目を向けられた虎丸は、芸州弁に気をつけて小声で発言した。

「毒を盛った者に目星がついたのか」

「調べていますが、まだです」

竹内がうつむき気味なのは、家中《かちゅう》の者を疑うのが辛い証《あかし》。

だが、このままでは命がないと思った虎丸は、竹内と五郎兵衛を交互に見た。

「外から来た誰かが、湯殿に忍び込んだとは考えられないか。たとえば、先代諸大《しょだい》夫《ぶ》定義《さだよし》殿の命を奪った者が、忍びを使ったとか」

竹内は首を横に振る。

「そのような者が忍び込んでいるなら、若殿の正体がばれています」

それもそうだと思った虎丸は、

「では、誰なのだ」

訊いたが、二人とも見当すらつかないと言う。

しばらく議論を交わしたが、毒を盛った者を見つけ出す妙案は浮かばなかった。

五郎兵衛が懐から布を取り出して虎丸に差し出したのは、話がこれからどうするかに及んだ時だ。

「若殿は、今しばらく一包の世話になるべきかと」

渡された布は、藤色の頭巾だった。

虎丸が顔を見ると、五郎兵衛は微笑んだ。

「止めてもどうせ町へ出られるのでしょうから、持って来ました」

虎丸は言うべきか迷いながら頭巾をじっと見つめていたが、二人に真剣な顔を向ける。

「顔はもう隠さない」

「若殿、何を言われるのです」

焦った五郎兵衛の口を制して、虎丸は続けた。

「町でわたしの顔を知る公儀の者に声をかけられた時は、堂々と定光を名乗る。ここは大川に近いゆえ、川賊改役の者として、密《ひそ》かに見回っていたと言える」

竹内は動じず、虎丸を見据えてきた。

「武蔵屋の連中と出会った時はどうされます」

うっかり忘れていた虎丸は焦った。だが、すぐに思い直した。

「小太郎には一度しか顔を見られていないのだし、月日も経っているから覚えていないだろう」

「そうでしょうか。小太郎は商売人です。一度見た顔を忘れず覚えているかもしれませぬ。仮に覚えていなくとも、声でばれるのではないでしょうか」

「その時は、人違いだと言い張る」

「危うい」

竹内は真顔で虎丸を見据えて言うが、虎丸は引かない。

「そこはうまくやる。芸州虎丸と定光が同じ者だと知られないようにする。だから、自由に出歩くことを認めてくれ」

五郎兵衛が竹内に言う。

「今さらですが、頭巾のほうがかえって目立つかもしれませぬな。芸州虎丸の素顔を知る者は少ないのですから、よろしいかと」

「若殿は今、病で寝所に籠《こ》もっておられるのだ。堂々と名乗りみだりに出歩かれては困る」

曲げぬ竹内に、虎丸が膝《ひざ》を進めて声を潜める。

「心配するな。一包の家から出かけるというても、近くの湯屋に行くくらいだ」

「湯屋！」

二人が声を揃えた。

竹内が珍しく目を見張ったのを見た虎丸は焦った。

「一包先生が、肌から染み込んだ毒を出すのは汗を流すのが一番だと言うからな。おかげで、目まいがしなくなっている」

竹内は一つ息を吐いた。

「それはようございました。ですが油断は禁物。万が一武蔵屋小太郎に気付かれた時のために、町中で使う名前を考えていたほうがよろしいかと」

「身なりもこのとおりだ。侍じゃないほうがいいだろうな」

虎丸が言うと、五郎兵衛が座敷を見回した。

「若殿、腰の物はどこに置かれているのです」

「一包の家だ」

「丸腰というのは、いかがなものか」

不服そうな五郎兵衛を、虎丸はなだめた。

「町人になりすますのは、一包先生のところにいるあいだだけだ。そうだ思いついた。二人の名前から文字をもらって、与五郎《よごろう》というのはどうだ」

二人は顔を見合わせて、うなずき合った。

竹内が真顔で言う。

「よろしいでしょう。ただし、外を出歩くのはなるべく控えてください。川賊が出たと耳にされて役目を果たされたい時は、本所《ほんじょ》の下屋敷へお行きください。お忍びで市中へ出ていることにするのですから、決して、武蔵屋に近づかないように」

「分かった」

「芸州弁にだけは、気をつけるように」

竹内に釘《くぎ》を刺され、虎丸は肝に銘じると答えた。

「まことに、これでよいのでしょうか」

五郎兵衛は心配そうだ。

竹内は、落ち着かぬ様子の五郎兵衛に言う。

「このまま屋敷にお戻りいただいて命を狙われるより、市中見回りをしていることにするほうがましだ。若殿に早くお戻りいただけるよう、我らはなんとしても、毒を盛った者を見つけなければならぬ」

「分かってはいますが、どうにも胸騒ぎがするのです。若殿、無理は禁物ですぞ」

「心配するな。日々身体が軽くなっている」

廊下の障子が少しだけ開けられ、六左が声をかけた。

「双井屋判太郎が来ます」

会話をやめて待っていると、六左が障子を大きく開け、判太郎が部屋に入ってきた。

「お邪魔をして申しわけございませぬが、若殿と御家老がせっかくお揃いでございますので、商いの話をさせていただいてよろしいですか」

五千両の借財のことだと思った虎丸は、身構える気持ちで居住まいを正した。

判太郎は唇に薄い笑みを浮かべて虎丸の前に正座し、竹内に顔を向けた。

「竹内様、利子が滞っておりますが、いつお支払いくださいますか」

「まだ領地から年貢米が届いておらぬゆえ待ってくれ」

「それでは話が違います。年貢米の分は、元金返済に充てることになっております。貯まっている利息分は、早急に返していただかないと、膨れるばかりです。川賊改役としてご活躍なのですから、役料もたっぷり入っているのではないですか。まさか、お忘れになられていましたか」

判太郎は嫌味を交えているようだが、竹内は動じない。

「船や人を雇うのに物入りだったのだ。約束どおり払うゆえ、しばし待て」

「では、お支払いいただくまで、若殿をうちで預からせていただきます」

五郎兵衛が尻を浮かせた。

「ぶ、無礼なことを申すな」

怒鳴っても、判太郎は引かない。

勘が鋭い竹内は、飄々《ひょうひょう》とした顔で座っている判太郎を見据える。

「判太郎そのほう、我らの話を聞いていたな」

「滅相もないことを。盗み聞きなどしませんよ」

判太郎はそう言って、とぼけた顔を横に向ける。

「利子は百両。きっちりお支払いください」

判太郎の横顔をじっと見ていた竹内は、何かを察したように、唇に笑みを浮かべた。

「あい分かった。若殿を頼む」

「承知しました。若殿、どうぞごゆるりとお過ごしください」

判太郎はそう言って頭を下げ、部屋から出ていった。

驚いたのは虎丸だ。

「竹内、なんで受けるんや。百両ぐらい、すぐ払えるじゃろう」

「判太郎は信用できる男です。一包や鯉姫のところにおられるよりはましかと」

五郎兵衛が口を挟む。

「御家老は、我らの話を聞かれたとお思いですか」

「さてどうであろうな……」

落ち着いた口調の竹内は、虎丸の背後にある床の間を怪しむ面持ちで見据えていたが、五郎兵衛に顔を向けた。

「判太郎が借財の形《かた》に若殿を取るような男ではないことは、そなたもよう知っているだろう」

五郎兵衛は神妙な顔でうなずく。

「では、やはり我らの秘密を知った上で、若殿をここに置くと言うたのでしょうか」

「その答えは、いずれ出よう」

虎丸は慌てた。

「待て。それはまずいことになったんじゃないんか。ばれたんなら、公儀に漏れるかもしれんで」

「芸州弁になっておりますぞ」

竹内にじろりと睨まれ、虎丸は口を手で塞《ふさ》いだ。

竹内が言う。

「たとえ聞かれていても、判太郎は他言する男ではございませぬ。まして、葉月家が断絶に繋がるようなことはなおのこと、この家から漏れ出ぬようにするでしょう」

「わたしには、そんなに人が好いようには見えないが」

言葉を改めた虎丸が率直な気持ちを口に出すと、竹内は真顔で言う。

「判太郎は札差でありながら、名うての金貸しでもあります。葉月家の不利になることを言わぬのは、御家が改易となれば貸した金が戻らなくなるからです。万が一、そこの床の間の裏で我らの話を聞いていたとするならば、若殿のなされようが危ういと思うたからこそ、この家にとめ置こうとしているのです」

「床の間？」

虎丸は立ち上がって歩み寄り、崩し字が書かれた掛け軸をはぐってみた。盗み聞くための穴らしき物はなく、珪藻土《けいそうど》の壁をたたいてみても薄っぺらなようには思えなかった。

「怪しいとは思えないが」

「たとえばの話をしました。聞かれていれば、いずれ判太郎が何か言うてきましょう」

動じていない竹内に、虎丸はうなずく。気持ちを落ち着かせて、成り行きにまかせることにした。

こうして、一包のところではなく、判太郎の世話になることに決まった。

四

「はあ！　なんでそうなるんね！」

気に入らないのは鯉姫だ。

帰った一包から話を聞いた鯉姫は、苛立《いらだ》ちの息を吐いた。

「葉月家の家老と双井屋が口裏を合わせたに決まっとる。借財の人質じゃ言うておいて、後からこっそり屋敷に連れ戻す気よ」

鯉姫に言われて、一包と翔はしまったという顔をした。

「こいつはやられたな。だが、命を狙う者が見つからぬかぎり、屋敷には連れ戻さないだろう」

苦笑いの一包とは違って、翔は悔しがる。

「ちくしょう。騙《だま》された。頭、どうします。あんな恩知らずな野郎は、放っておきますか」

「命の恩人を見捨てるわけにはいかんけん、今から行って取り返してくる」

情に厚い鯉姫は、虎丸を心配して出かけた。

追ってきた翔に振り向き、

「来んでええよ。連れて帰るだけじゃけん」

そう言ったが、翔は止まらない。

「そうはいきませんよ」

付いて来ながら、楽しそうに訊く。

「頭、なんだかんだ言って、虎丸さんに惚《ほ》れたんじゃないですか」

鯉姫は立ち止まって右手を振り上げた。

「たたかれたいんね」

翔は両手で顔をかばい、首をすくめるも言葉を続ける。

「お似合いだと思いますよ」

「ありえん。うちは借りを返したいだけじゃけ、変なこと言うたらほんまにたたくよ」

「もう言いません」

手を下ろした鯉姫は夜道を急ぎ、双井屋の暖簾を潜った。


奥の座敷でくつろいでいた虎丸は、急に廊下が騒がしくなったことを不思議に思い、四つん這《ば》いで外障子まで行くと少し開けて廊下に顔を出した。すると、店《たな》の者が止めるのも聞かずに鯉姫と翔が歩いてくるではないか。

虎丸と呼ばれたらまずいことになる。

慌てて障子を閉め、隠れようと部屋の中に向いた時、目の前で判太郎が正座していた。

「わあ！」

驚いてのけ反っていると、急ぐ足音が近づいて障子が開けられ、鯉姫が入ってきた。

「虎丸！　大声出してどしたん！」

鯉姫は判太郎がいるとは思っていなかったらしく、慌てて口を閉じたがもう遅い。

ばれた。完全にばれた。

名前を呼ばれて誤魔化す言葉が浮かばぬ虎丸に、判太郎はじっとりとした目を向けて、口元にたくらみを含んだ笑みを浮かべている。

信用できる男だ、と言った竹内の言葉を思い出し、確かめてみたくなった。

「竹内と五郎兵衛と話していたことを、聞いていたのだろう」

「はい」

「では、わたしのことは……」

答えを待つ虎丸の背後で、鯉姫は息を呑《の》んでいる。

判太郎はそんな鯉姫を見つめ、虎丸に眼差しを向けた。

「どこの馬の骨ですか」

やはり、ばれていた。

「知って、どうする」

「どうもしませぬ。ただ、このままでは気持ち悪いので教えていただきます」

虎丸は唾《つば》を飲み、自分が何者かを教えるために口を開いたが、判太郎に手で制された。

「いや、気が変わりました。聞けば厄介事に巻き込まれますのでやめておきます。それで？　お前様はどうされたいのです」

問う眼差しを向けられた鯉姫は、虎丸の前に出た。

「双井屋さんあんた、涼しい顔して、虎丸のことをなんとも思わんのん」

「偽物の若殿、ということをですか」

「大きな声で言うな」

焦る虎丸に判太郎は薄い笑みを浮かべ、質問をした鯉姫を見つめた。

「べつに驚きはしません。手前どもは旗本とお付き合いをさせていただくにあたり、ご用人もしくは勘定方の御仁とお目にかかるだけで事足りますから、殿様のご尊顔を拝すことなどめったにございません。耳に流れてきた風の便りでは、ある御旗本が死病に取り憑《つ》かれた時、子宝に恵まれなかったはずの殿様が、実はどこそこの女に生ませていたと言って玉のような子を連れて帰ったとか、そうではないとか。その御家は今もございます。まあとにかくそういうわけでして、目の前にいらっしゃるお前様が誰であろうと、別段驚きもしません。手前は商人《あきんど》。ようは、金さえきちんと払っていただければそれでいいわけです。はい」

しゃべっている内から熱くなり早口でたたみかける判太郎に、虎丸はあっけに取られた。

鯉姫はそれでも信用しない様子だ。

「気にしていないことは分かった。ほいじゃけど、借財の形に取るじゃと都合のええこと言うて一包先生から奪って、屋敷に送り返すつもりだったんでしょう」

判太郎はふたたび鯉姫の顔を見つめた。

「そのようなことをして、わたしになんの得があるのです」

「騙されんよ。竹内家老と口裏合わせとるんでしょう。正直に言いんさい」

判太郎は答えず、虎丸を見た。

「虎丸さん、でしたな。わたしは定光様のご尊顔を拝したことは一度もないので分かりませんが、身代わりをされているのですから瓜《うり》二つなのでしょう。本物は病弱とうかがっていましたが、今も生きてらっしゃるのですか」

「…………」

答えられぬ虎丸の様子に、判太郎は悟ったような面持ちで長い息を吐いた。

「そういうことですか」

「頼む。黙っていてくれ」

両手をついた虎丸に、判太郎は微笑んだ。

「公儀を騙すとは、竹内様も大胆なことをされる」

「頼む」

深々と頭を下げる虎丸に、判太郎は一転して厳しい目を向けた。

「ばれれば、お前様とて命はないはず。なのに、どうしてそこまでするのです」

「馬鹿なんよ、虎丸は」

言った鯉姫をちらと見た判太郎は、虎丸の答えを待った。

ゆっくり頭を上げた虎丸は、判太郎の目を見て言う。

「わたしを育ててくれた人の頼みゆえ、断るわけにはいかなかった」

判太郎は驚いた。

「たったそれだけの理由で、引き受けたと」

「馬鹿だと笑ってくれ。だがそれで、葉月家の家臣たちが路頭に迷わずにすんでいる。先代諸大夫殿が非業の死を遂げられ、今はわたしを定光殿と信じて命を狙う者がいる。それゆえ、公儀に対しては悪いとは思うていない」

「公儀の者がお命を狙い、葉月家を潰《つぶ》そうとたくらんでいるのですか」

「そうとしか思えぬ」

「いったい、誰が」

「それははっきり分からぬが、少なくとも、柳沢という男は葉月家を邪魔に思うているはずだ」

どう答えるか判太郎の表情を見ていた虎丸は、突っ込んで訊く。

「その顔は、何か知っているな」

判太郎は微笑んで首を横に振る。

「とんでもない。それ以上は言わないでください。厄介事は御免《ごめん》こうむります」

「秘密を漏らさないと、約束してくれ」

「誰にも言いません。そのかわり、一つ教えてください」

「なんだ」

「この娘さんとは、どういった御縁です」

虎丸は鯉姫と言おうとして、言葉を変えた。

「お鯉とは、腐れ縁だ」

「お鯉……」

声に出す翔を見た鯉姫が、判太郎に言う。

「虎丸には借りがあるけぇ、返そうとしとるだけよ」

「お鯉さん、ですか」

判太郎から興味を持った眼差しを向けられた鯉姫は、そらさずに見つめ返した。

「連れて帰らせてもらうよ」

虎丸は鯉姫に言う。

「わたしは当然のことをしただけだ。恩に着なくてもよい」

鯉姫が振り向き、きっと睨む。

「それじゃうちの気がすまん。うまいこと言うて、屋敷に帰る気じゃろう」

「その気ならもう帰っている。ここに残ったのは、竹内が判太郎の申し出を受けたからだ」

「嘘を言いんさんな」

「嘘ではない」

「お鯉さん、こうしたらどうでしょう」

割って入った判太郎は、怒った顔を向けた鯉姫の目を見つめて、穏やかに言う。

「そんなに気になるなら、お鯉さんがこの家に泊まればいい。部屋はいくらでもありますから」

思わぬことに、鯉姫は戸惑った。

「遠慮なさらずに」判太郎は立ち上がり、右隣の襖を開けた。「この部屋をお使いください。そうすれば、虎丸さんを昼も夜も監視できます」

八畳の部屋からは、真新しい畳の匂いがしてきた。

どうするか迷った顔をした鯉姫だが、それは一瞬のことだ。

「虎丸、ほんまに、屋敷へは帰らんのんじゃね」

「うむ」

「だったらええよ。ここにおりんさい。うちは帰る」

すると判太郎が残念そうな顔をした。

「見張らなくてよろしいのですか」

鯉姫はうなずく。

「先生の手伝いがあるけん、ここにはおれん。虎丸、うちは帰るけど、毒を消すことは続けんさいよ」

「分かっている。薬を飲めばよいのだろう」

鯉姫は立ち上がり、虎丸を見下ろした。

「その武家言葉、似合わんね」

そう言って帰る鯉姫を目で追った判太郎が、虎丸の横に来た。

「ひょっとして、ご同郷ですか」

判太郎はなんでも見透かすような気がして、芸州虎丸であることも知られると思った虎丸は、首を横に振った。

判太郎は探る目をしていたが、ふっと息を吐いた。

「まあいいでしょう。それにしても、お鯉さんは美しい人だ。お国言葉も憎めなくていい。こんな気持ちになったのは久しぶりです。わたしは、お鯉さんに一目惚れしました」

虎丸は目を見張った。

「本気でようるん」

驚きのあまりつい出た芸州弁に、判太郎は笑った。

「どこの馬の骨か知りませんが、ここでは無理をして武家言葉を使わなくてもよろしいですよ。先ほどから、顔が引きつってらっしゃいますから」

慌てて頬をほぐした虎丸は、したり顔の判太郎を見てはっとした。確かめられたと気付いて、訊かずにはいられない。

「わたしを驚かせて試したのか」

判太郎は、一転して厳しい目を向けている。

「葉月家を本気で守りたいのなら、いかなる時も言葉に気をつけることです」

何も言い返せぬ虎丸は、頭《こうべ》を垂れた。

「分かっているが、口がどうしても言うてしまう。自分でも、どうしようもできない時があるから、竹内たちを不安にさせている」

「竹内様を見習うといいでしょう。あのお方は何があっても動じず、物事をよく見てらっしゃる」

「竹内は鉄のこころの持ち主だ。真似はできない」

「虎丸……、いや若殿は、正直過ぎる。葉月家は将軍家のおそばに仕える御家柄。今は川賊改役でも、いずれ千代田《ちよだ》のご城内での御役目が回ってくるでしょう。その時は、お前様のその真っ直ぐさが仇《あだ》になることもございますよ」

「それはまずい。城勤めだけはできぬ」

「葉月家のあるじであるからには、逃れることはできないでしょう。そうなった時は、言い方は悪いですが、少しずるいくらいのほうがちょうどいい」

「そうでないと、どうなると言うのだ」

「城内で役目に就かれる方々はご出世を望まれておりますから、さまざまな思惑が渦巻いています。商売柄、出世を望む方々を相手にしますからよく分かるのですが、今のお前様では、そういう人たちに潰されてしまうでしょう」

「恐ろしいことを言うてくれるな」

「事実を申し上げたまで。なんなら、わたしがご指南しましょうか」

札差と金貸しをしている者だけに、判太郎はこの厳しい世を生き抜く術《すべ》を身に付けているのだろう。自信に満ちた様子からそう思った虎丸は、葉月家のためになるならなんでもする気になり、両手をついた。

「よろしく頼みます」

するとと判太郎は、含んだような笑みを浮かべた。

「では明日、わたしところの修行をしに行きましょう」

「いや、しかし……」

「ご心配なく。駕籠《かご》を使いますから、誰の目にもとまりません」

番頭に支度を命じた判太郎は、ゆっくり休むよう虎丸に言い、自分の部屋に戻った。

翌朝、二挺《にちょう》の町駕籠が双井屋の裏口に止められ、判太郎は前、虎丸は後ろに乗り、蔵前の通りを北へ向かった。

すだれを下ろされているので、虎丸が町全体の様子をうかがい見ることはできない。目に入るのは、揺らめくすだれの隙間から、駕籠の近くを行き交う人のみ。場所柄からか、侍が多いように思えるが、向こうからこちらの顔を見ることはないだろう。

やがて駕籠は、町人が多い通りに入り、さらに進むと、外が静かになった。すだれを少し開けて見ると、先ほどまでの人通りはなくなり、寺が並ぶ閑散とした通りを進んでいるようだった。駕籠はさらに進み、行円寺《ぎょうえんじ》の山門前で止まった。

駕籠から降りた虎丸は、判太郎に促されるまま足早に山門を潜り、境内を歩いて立派な本堂に入った。

「ここは、浄土真宗《じょうどしんしゅう》の寺です」

判太郎がそう教え、本尊の前を促す。

並んで正座した虎丸は、仏の顔を見上げている判太郎の横顔を見た。

「ここで坐禅《ざぜん》でもして、こころの修行をするのか」

判太郎は笑った。

「浄土真宗に坐禅の修行はありません。住職の説法を聞きにきただけですよ」

今日は寺の行事がある日だったらしく、それに判太郎は誘ったのだ。言葉どおり、程なく町の者たちが集まってきた。

やがて現われた住職は、新顔の虎丸に目をとめると、判太郎にあいさつをしてふたたび虎丸を見てきた。

「こちら様は、ご親戚ですか、ご友人ですか」

毛が伸びた眉毛がハの字に見える住職は、さすがに僧侶《そうりょ》だけあって野太い声をしている。年は六十代だろうか。

判太郎はそんな住職に、虎丸を親戚だと教えた。

「従兄弟《いとこ》の与五郎です。江戸見物に出てきましたので、連れてきました」

「そうですか。与五郎さんは、どちらのお国から出てまいられた」

穏やかな眼差しを向けたままの住職に、虎丸は広島だとは言わずに、西国からだと答えた。

国の名を言わぬ虎丸のことを、住職は細めた目で見る。

「ほうほう、西から」

西のどちらかと訊かれたらなんと答えようか考えていると、住職は興味をなくしたように膝を転じて、左隣に座っていた町の男に話しかけた。

程なくはじまった浄土真宗の読経をじっと聞き、その後は住職に教えを説かれた。

火事で亡くした母のことを思いながら聞いていた虎丸は、自分が今していることは正しい道なのかとふと考え、仏の顔を見上げた。

住職の声は耳に入らなくなり、頭に浮かぶのは尾道の景色だ。もう二度と会えぬ仲間たちと、世話になった人々の笑った顔が懐かしい。

(亀婆《かめばぁ》は、まめで暮らしょうるじゃろうか)

一点を見つめて考えていた虎丸は、

「今日はよう参られました」

と言った住職の声で顔を上げ、皆にならって頭を下げた。

年長の男が住職に歩み寄り、親しそうに話しはじめるのを見ていた虎丸は、判太郎に促されて本堂の外へ出た。

「少しはためになりましたか」

石段を下りながら訊く判太郎に、虎丸は神妙に言う。

「すまない。他のことを考えて、和尚の言葉を聞いていなかった」

判太郎は声を出して笑った。

「まあ、そういうものですよ。わたしも商いのことを考えていました」

「これのどこが、こころの修行になるのだ。仏の教えを聞いて、判太郎が言うずるい男になれるはずもないだろうに」

判太郎は立ち止まり、虎丸の胸に人差し指を当てた。

「住職の教えを聞いて、ここに浮かんだことがあるでしょう」

「世話になった者たちの顔が浮かんだが……」

言葉に詰まる虎丸を、判太郎はじっと見据えた。

「それだけですか」

「それだけだ」

言い切る虎丸に、判太郎は期待が外れたような顔をして、目をそらした。

「頭に浮かんだのは、葉月家に入る前に暮らしていた所の人たちですか」

虎丸は無言でうなずいた。

判太郎が目を見て言う。

「住職の、正直に生きるべし、という言葉を聞いて、このままでいいのか迷ったから、故郷のことが頭に浮かんだのでしょう」

虎丸は返す言葉もない。

黙っていると、判太郎が微笑んで続けた。

「わたしも住職に出会う前は、今の生き方でいいのか自分に問いかける毎日でした。物心ついた頃から商人の教えをたたき込まれて育ったわたしは、病で倒れたのを機に隠居をしてしまった父に代わって、十七で店を継ぎました。若かったわたしは、商いを任せてくれた父の期待に応えるべく励みました。でも、店を守ろうと必死に働けば働くほど、欲の塊、金の亡者などと人様から白い目で見られ、顔を見るといやな顔をされる。悩んでいた時に、人からここをすすめられて来たのですが、住職の言葉を聞いて、迷いがなくなったのです。今日もその言葉をおっしゃっていましたが、覚えていませんか」

「…………」

虎丸は思い出せず首をかしげた。

判太郎が言う。

「人の道を外れず生きてさえいれば、必ず誰かの役に立っている。そうおっしゃったでしょう」

「ああ、確かに聞いた」

「どう思いました」

「わたしには、重い言葉だ」

判太郎はあたりに人がいないのを確かめ、声をひそめる。

「馬鹿正直に、公儀を騙していると引け目に思わぬことです。少なくとも葉月家に関わる者たちを生かし、川賊も退治して世のためになっているのですから」

「だが、葉月定光として生きることで、苦しんでいる者もいるはずだ」

「毒のことですか」

「恨むほど苦しんでいる者がいるということだろう」

判太郎は神妙な顔をした。

「それで、悩んでいるのですか」

「悩むというか、ここがもやもやする」

胸をさすりながら言う虎丸に、判太郎は何を思ったのか、不機嫌そうな顔をした。

「わたしがずるくなりなさいと言うのは、そういうところです。命を狙う者のことまで心配していたのでは、身体がいくつあっても足りゃしない。竹内様も、ご苦労なことだ」

突き放すように言われても、虎丸のこころのもやもやは消えなかった。

毒を盛った者が何をそんなに恨んでいるのか、そこが気になってしかたがないのだと気付いたのは、駕籠に乗って寺を出てからだった。

葉月定光は死ぬまで病床から出ることがなく、人との関わりも少なかった。そのような者が悪事を働けるはずもなく、生きているだけで御家を存続できていたのだから役に立っていたはずなのに、どうして命を狙われるのか。

「いったい、何があるいうんや」

駕籠かきたちの調子を合わせる声がする中、つい芸州弁でつぶやいてしまう。

駕籠が激しく揺れたのはその時だ。

悲鳴と怒声があがり、駕籠が落とされた。

腰を打った虎丸は、ただごとでない様子に急いで這い出た。すると、前を行っていた判太郎の駕籠が三人の浪人風に囲まれ、番頭と手代が守っていた。

「何ごとだ！」

叫ぶ虎丸に、手前に立っていた浪人が振り向く。

「お前に用はない。死にたくなければ去れ！」

言うや抜刀し、判太郎の駕籠を守る番頭に向かう。

「待ちなさい！」

中から声をあげた判太郎が出てきて、止まって睨む浪人たちを見回した。

「わたしに用があるのでしょう。他の者には手を出さないでいただきたい」

まったく動じていない判太郎に、浪人たちは刀を向けた。

「双井屋判太郎だな」

「そうです」

「恨みはないが、死んでもらう」

「いくらで雇われたか知りませんが、やめておいたほうがいいですよ」

「問答無用！」

「おい！　やめえ！」

虎丸が叫ぶのと、浪人が気合をかけて判太郎に斬りかかるのが同時だった。

袈裟《けさ》懸けに振るわれた刀をかわした判太郎の動きは、まぐれではなく太刀筋を見切った動きだった。

目を見張った浪人が、

「おのれ！」

むきになって刀を振り上げた。

判太郎は恐れるどころか間合いに飛び込み、斬りかかろうとする浪人の手首を受け止めるや、つかんでひねり倒した。

背中から地面にたたきつけられた浪人の目の前に、刀の切っ先が向けられる。

鮮やかな手並みで浪人の刀を奪った判太郎の顔は、札差のものではなく、剣客の面構えに変わっていた。

切っ先を目の前に声も出ぬ浪人を制している判太郎の背後から、仲間の浪人が迫る。刀を振り上げて斬りかかったが、判太郎は振り向きざまに胴を峰打ちした。

「おのれこしゃくな！」

頭目と思《おぼ》しき三人目の浪人が声を荒らげて斬りかかろうとした背中に、虎丸が走って追い付き、跳び蹴りを食らわせた。

つんのめった浪人が踏みとどまり、虎丸に振り向く。

「おのれ、死にたいなら貴様から殺してくれる」

「おう、かかってこいや」

「つあ！」

浪人が気合をかけて刀を振り上げた。だが目を見張り、短い呻《うめ》き声をあげて白目をむくと、膝から崩れるように倒れ伏した。

峰に返した刀を右手にさげた判太郎が、不敵ともとれる笑みを唇に浮かべて浪人を見くだしている。

虎丸は、そんな判太郎に感心した。

「相当な遣い手だな。元は武家か」

「いいえ、このような時のために武術を身に付けるよう先代に言われて、幼い頃から新陰流《しんかげ》を習っていました。用心棒を雇うより、安くつきますし」

「こがな……、いや、このようなこと、たびたびあるのか」

「二度目でしょうか。金貸しは、油断ができません」

「それにしても、強いな」

虎丸が舌を巻いていると、

「当然です。旦那様は免許皆伝でございますから」

番頭が自慢した。

虎丸は微笑む。

「そういうお前も、刀を向けられて顔色ひとつ変えなかったな。武芸を身に付けているのか」

「いいえ、肝が据わっているだけです」

臆面《おくめん》もなく言う番頭に、虎丸は笑った。

「まだ名を聞いていなかったな」

「手前は弥三八《やそはち》と申します」

「弥三八、判太郎の命を狙ったのは誰だ」

すると弥三八は、答えに迷った顔をした。

判太郎が手代を自身番に走らせ、虎丸に言う。

「若殿、こうなったからにはもしものことがあるといけません。一包先生のところにお戻りいただいたほうがよいかと」

険しい表情の中に不安が滲《にじ》んでいると思った虎丸は、倒れている浪人どもを見て、ふたたび判太郎に顔を向けた。

「いや、引き続き世話になる」

困った顔をする判太郎の横で、弥三八が嬉《うれ》しそうな顔をした。

虎丸は、そんな弥三八に微笑み、判太郎に言う。

「命を狙われる者同士、助け合おうじゃないか」

第二話　厳しい罰

一

日が暮れると冷え込んできた。

双井屋の部屋で読み物をしていた虎丸は、外障子を閉めるために立ち上がった。

だが、廊下の奥からする人の声が気になり、そちらを見る。言い合う声が近づき、中庭に植えられているもみじの向こうにある薄暗い廊下を、判太郎と番頭の弥三八が歩いてきた。何を言っているのかはっきりは聞こえないが、判太郎は面倒そうな様子で、番頭の弥三八は追いすがる様子だ。

その弥三八の声が、はっきり届いた。

「旦那《だんな》様、お願いでございますからお出かけになるのはおやめください」

すると判太郎は、困ったような顔を後ろにいる弥三八に向ける。

「大丈夫だよ。舟で行くのだから襲われはしない。懲りずに来ても、前のように打ちのめしてやるさ」

命を狙われたばかりだというのに、夜にでかけるつもりらしい。

よし、止めてやろう。

お節介な虎丸は、廊下の角を曲がってきた判太郎の前に立ちはだかった。

驚いた判太郎が立ち止まり、何か言おうとしたが、虎丸が先に口を開いた。

「番頭の言うとおりだ。夜に出かけるのは、やめておけ」

すると判太郎が、嬉しそうに笑みを浮かべた。

「丁度よかった。お誘いしようと思っていたのです。家の中にいるばかりじゃ気が滅入《めい》るでしょうから、付き合ってください」

虎丸は呆《あき》れた。

「人の話を聞いていないのか。命を狙われたのだぞ」

弥三八が前に出てきた。

「そのとおりですとも。若殿様、もっとおっしゃってください」

「ここでは与五郎だろう」

虎丸が言うと、弥三八はしまったという顔をしてあやまった。

その隙に判太郎は弥三八の前から消え、別の部屋から表に抜けた。

「あ、旦那様」

弥三八が慌てて追ったが、判太郎は草履をつっかけ、足早に外へ出ていく。

虎丸は、追って出ようとした弥三八を止めた。

「仕方ない。わたしが用心棒として付いていこう」

弥三八は慌てた。

「いけません。お怪我をされるようなことがあれば、竹内様に叱られます」

「心配はいらぬ。念《ねん》流の達人、岸部《きしべ》一斎《いっさい》先生からご指南を賜っている」

村上家伝来の海賊剣術を遣うことを言えるはずもなく、咄嗟に一斎の名を出したが、弥三八は疑わず、表情を明るくした。

「そういうことでしたらお願いします。そうだ、念のためにこれを」

弥三八は帳場に行き、短い木刀を出してきた。

「商売柄、万一に備えて置いている物です。お持ちください。旦那様はきっと、表の通りを左に行かれています」

受け取った虎丸は帯に差し、急いで表に出た。気配を感じて顔を向けると、羽織の袂《たもと》に手を入れた判太郎が、戸口の横で待っていた。

薄い笑みを浮かべて、

「行きましょうか」

そう言うと先に歩み、近くの四辻《よつじ》を左に曲がって、大川沿いの船宿に入った。

猪牙舟《ちょきぶね》を雇った判太郎に、虎丸は歩み寄る。

「舟でどこへ行くつもりだ」

「付いてくれば分かりますよ」

外に出る判太郎に付いて船着き場に行き、船頭が待っている猪牙舟に乗った。

いつものことなのか、船頭は行き先も訊《き》かずに竹棹《たけざお》で舟を滑らせ、川上に向かって艪《ろ》をこぎはじめた。

川風が冷たい。

袷《あわせ》の小袖《こそで》一枚を着ている虎丸は腕を組んでさすり、寒さをしのいだ。

途中で舟は左に曲がり、堀川に入った。

狭い堀川では、猪牙舟がひしめいている。

「ずいぶん混んでいるな」

芸州弁が出ぬよう気を付ける虎丸に、判太郎が微笑む。

船着き場に着けられないので、舟から舟へ渡って堤に上がった。

にぎわう通りを抜けて連れて行かれたのは、江戸の町とは様子が違う場所だ。大《おお》門《もん》の中はやけに明るく、大勢の男が行き交っている大通りの両側に並ぶ建物は妖《あや》しげな赤いちょうちんが連なっていて、格子の中には着飾った女たちがいる。

虎丸はやっと気付いた。

「ここは、まさか……」

「男が春を買う町ですよ」

「新吉原《しんよしわら》か」

「おや、よくご存じで」

判太郎は笑って言い、先へ進んだ。

すると、一軒の揚屋の表に立っていた男が気付き、明るい笑みを浮かべて駆け寄ってきた。

「旦那、太夫《たゆう》がお待ちかねですよ」

「今夜は大切な客を連れて来た。よろしく頼むよ」

すると男が虎丸を見て、判太郎に言う。

「おまかせください。ささ、どうぞどうぞ」

暖簾《のれん》を分けて誘《いざな》い、虎丸にも笑みを向けて入るよう促す。

虎丸が判太郎に続くと、男が呼び止めた。

「あいすみません。物騒な物はお預かりします」

愛想笑いで腰の木刀を指差され、虎丸は抜いて渡した。

判太郎が入るなり、そこにいた店の者たちが一斉に集まり、一段と騒がしくなった。

女将《おかみ》らしき女が出てきて男たちに差配し、判太郎を下へも置かぬ歓迎ぶりで二階へ連れて上がる。

同じような扱いを受けて段梯子《だんばしご》を上がった虎丸は、判太郎と共に部屋に入った。

生まれて初めて見る華やかさ、廊下を行き来する着飾った女たちの化粧の匂いと色気の刺激が強過ぎる。

すれ違った遊女に色目を向けられた虎丸は、思わず振り向いて見たのだが、頭に竹内たちのことが浮かんだ。

毒を盛った者を必死に捜している時に、自分だけこのようなところにいるべきではない。

そう思った虎丸は、部屋に入るなり、判太郎に言う。

「わたしは、隣の部屋で待たせてもらう」

店の者たちが驚き、困惑した顔を判太郎に向けた。

笑った判太郎は、

「構わないから支度をしておくれ」

と言い、虎丸の前に来た。

「与五郎さん、怖いのですか」

店の者が笑い、虎丸が見ると顔をそむけて出ていった。

判太郎は、店の者たちが皆出ていくのを待って、真剣な顔を虎丸に向ける。

「馬鹿正直と生真面目は捨てなければ、いずれ今の立場を危ういものにしますよ」

なんでや、と言いかけて、慌てて言葉を飲み込んだ。

「どうしてだ」

「こうしているあいだも、屋敷におられる方々のことを気にして、自分だけ遊んでられないと思ったのでしょう」

「それの何が悪い」

「そういう人は、いずれ、嘘をついているのが辛《つら》くなる。家の者に対してではなく、これからお付き合いをすることになる公儀の方々の中で、好意を抱いてくれるお方と出会った時、耐えられなくなりますよ」

胸の奥にしまっていた物をえぐり出されたような気持ちになり、返す言葉が浮かばない。

「それを言うな」

「いいえ、言わせてもらいます。与五郎さんは豪快に見えて、実は繊細なご気性だ。自分のことより人のことを気にして、遠慮をするところがある。もっとずるく、少しくらいは欲を出したほうが、よろしいかと」

虎丸は、判太郎をまともに見られなくなり目を下げた。

「皆のことを忘れて遊郭で遊ぶことが、そんなに大事なことか」

「そうは言っていません」

「分かっている。だが、これがわたしなのだ。ずるく生きろと言われても、どうすればいいか分からない。まして、出会ってもない者のことを言われても分からぬ」

「辛い思いをされるのは、お前様です」

虎丸は目を向けた。判太郎は、そらさずにじっと見ている。その眼差《まなざ》しは、本気で心配してくれているように思えた。

「奥方は、お前様のことをご存じなのですか」

「あの恐ろしげな奥方に知られるのだけはまずい」

「恐ろしい？　月姫《つきひめ》様がですか？」

「知っているのか」

「お目にかかったことはございませんが、美しくお優しいお方と聞いています」

高島《たかしま》を月姫だと思い込んでいる虎丸には想像ができなかった。

「猫を被《かぶ》っているのだろう。奥方に秘密を知られれば、公儀の罰を受けるまでもなく殺される」

判太郎は意外そうな顔をしたが、虎丸が言うのだから間違いないと納得したようだ。

「そういうことですか。それで、ここを嫌われたのですね」

虎丸は右の眉毛《まゆげ》を上げた。

「何を言うているのだ？」

「ご心配なく。遊んでも、奥方の耳には入りませんよ」

「違う。思い違いをするな」

「女と遊べとは言いませんから、ここにいてください」

判太郎は聞かずに言い、上座をすすめた。

「いや、遠慮する」

虎丸は頑《かたく》なに拒み、隣の部屋に入って障子を閉めた。

支度をしてきた店の者たちが、

「あれ、お連れ様は」

と訊く声と、受け答えをする判太郎の声がする。

虎丸は八畳の部屋に一人で寝転び、肘枕《ひじまくら》をして窓を見た。明るい外が気になり、起き上がって窓際に移動すると、二階から夜の町を眺めた。

通りを挟んだ向かいの店では、格子越しに中を見ている客の男に近づいた遊女が手を差し伸べ、何かを言っている。雑踏の騒がしさで声は聞こえてこないが、男は気に入ったのか、店の者に声をかけて遊女を示し、中へと消えていった。

多くの客がそれぞれ気に入った店に入っていく。通りはそれでも人が減る気配はなく、判太郎が言う春を買いに来た男たちで埋め尽くされ、昼間の日本橋《にほんばし》よりも騒がしい。

その通りに、供の男たちや少女たちを引き連れた遊女らしき女の一行が現れた。

「見ろ、小鶴《こつる》だ」

虎丸の眼下にいた男たちが指さしている。

「あれが噂の太夫か。へぇ、派手だねぇ。美しいねぇ。どこのお大尽《だいじん》を迎えに来ているんだい」

「双井屋の旦那だよ。小鶴は双井屋の旦那のもんだ」

「ははぁ、独り占めかい。さすがだねぇ」

そう言っているうちに小鶴の一行が近づいてきた。

高下駄を履き、独特の歩き方をしている女は、派手な着物を着て、簪《かんざし》や笄《こうがい》で飾り、注目を集めても気移りしない体《てい》で、まっすぐ前を向いて歩いている。

迎えに来たとは、どういうことだろうか。

新吉原の遊び方を知るよしもない虎丸は、揚屋に入るまで見ていたが、興味をなくして、通りを眺めた。

それから少し経った後、

「失礼します」

閉めている隣の襖越しに女の声がして、こちらが返事をするまでもなく開けられた。

見ると、先ほど注目を集めていた小鶴だった。

飾り物で重そうな頭を下げ、にこやかな顔を向ける。細面の色白は、男たちが憧れるのも分かるほどに美しいかといえばそうでもないのだが、えも言われぬ魅力があるのは確か。

いつのまにか見入っていた虎丸は、立ち上がって入ってきた小鶴にはっと我に返り、顔から目をそらした。

小鶴の背後から愛想笑いを浮かべた男が現れ、

「お迎えに上がりました。さ、まいりましょう」

そう言って、促す。

「どこへ連れて行く」

虎丸が訊くと、男は手揉みをした。

「この世の極楽。双井屋の旦那がお待ちでございますからどうぞ、お腰をお上げになっておくんなさいまし。ささ、さあさあ」

促されるまま男に従った虎丸は、笑みを浮かべる小鶴を見ながら部屋から出た。

判太郎の姿はなく、男に連れられて行ったのは近くの妓楼だ。

通された二階の部屋で待っていると、程なく小鶴が入ってきた。

妓楼の者たちが膳《ぜん》を運び、おかっぱの少女が朱塗りの酒器を載せた折敷《おしき》を持って続くと、女のそばに置いた。

判太郎が障子を開けて顔をのぞかせ、楽しそうに言う。

「太夫、頼んだよ」

「あい」

応じた女が、虎丸に微笑む。

「小鶴と申します」

盃《さかずき》を差し出されて、虎丸は戸惑った。

「毒は入っていませんよ」

判太郎が言ったが、虎丸は拒んだ。

すると小鶴が、少女に酒を注がせ、

「お毒見を」

色気のある声で言うと横を向き、盃を紅《あか》いおちょぼ口に付けて飲んで見せる。

「ああ、おいしい」

虎丸は判太郎を見た。

「毒のことを言ったのか」

すると小鶴が言う。

「これは毎度のことです」

意外な言葉に、虎丸は小鶴を見た。

「どういうことだ」

「判太郎さんは、お命を狙われていますから。見てのとおり、毒は入っていません」

紅を拭《ふ》いた盃を差し出され、虎丸は戸惑ったが、小鶴は白い手を差し伸べて虎丸の手を取り、微笑みかけた。

拒むのは野暮か。

虎丸は酌を受け、一息に飲んだ。

黙って見ていた判太郎が、

「酒を飲んだくらいでは、誰も怒りませんよ」

そう言うと、虎丸の横に来て小鶴に酌をさせた。盃を空にすると、用を足してくると言って少女に案内させ、出ていってしまった。

二人きりになると、小鶴は気まずい思いをさせることなく話しかけてきた。

何をしているのかとか、判太郎とはどういう関わりかなどはいっさい訊いてこない。酒を飲ませるでもなく、言葉巧みに虎丸を褒め、気分を上向かせようとしている。

虎丸は、判太郎と付き合いが長いのか訊いた。

小鶴は、明るい顔で答えた。

「お世話になって、もう二年になります」

「では、命を狙う者が誰か知っているのか」

するとと小鶴は、探るような目を向けてきた。

「ひょっとして、お役人ですか」

「どうしてそう思う」

「だって、身なりと違って、しゃべりかたがお武家ですもの」

虎丸は笑った。

「わけあって双井屋に居候している身だ。判太郎の命を狙う者を捕らえる役目は帯びていない」

「そうでしたか」

小鶴は顔には出さぬが、声音は落胆した様子だ。

「だが、身を守ることはできる。心当たりがあるなら教えてくれ。判太郎は分かっているのだろうが、あの調子で何も言わぬのだ」

小鶴は声を潜めた。

「判太郎様は何もおっしゃいませんけど、借りた金を返したくない者が命を狙っているに違いないのです。同じ札差のお客様から聞いた話では、判太郎さんは、かなり厄介な相手に金を貸しているとか」

「その相手とは誰だ」

「京橋《きょうばし》の大商人《おおあきんど》らしいのですが、名前までは分かりません」

隣の部屋から判太郎と店の者の声が聞こえてきた。小鶴は気にして、虎丸に言う。

「あたしが言ったことは、内緒ですよ」

「分かった」

「何が分かったのです？」

言いながら入ってきた判太郎に、虎丸が顔を向けた。

「いや……」

疑う顔をする判太郎に、小鶴が言う。

「せっかく来てくださったのだから、楽しんでくださいとお願いしていたのです」

「そうか」

判太郎は手を打ち鳴らした。

「分かった、と言いましたね。おい八《はち》、じゃんじゃん持ってこい。女もだ。与五郎さんが気に入られるとびきりのを連れて来い」

「へい」

八と呼ばれた店の若い男は飛ぶように階下へ下りていき、程なくすると、次から次へと料理と酒が運ばれ、女たちは六人も来て、飲めや歌えの大騒ぎになった。

圧倒されるばかりの虎丸は、右も左も化粧の匂いがする女に付かれ、酒をすすめられた。

酔えば気が大きくなり、芸州弁が出てしまうに違いない。

化けの皮が剝《は》がれぬよう緊張しているせいか、飲んでも酔わなかった。酌を返していると、両隣の女たちが先に酔い潰《つぶ》れ、虎丸にすがって寝息を立てはじめた。

他の女たちが連れて行き、気付けば、判太郎と小鶴の姿がない。捜して立ち上がろうとした虎丸は、女に引き止められた。

「二人で飲みましょう」

女も店の男も潮が引くようにいなくなり、目の前にいるのは、しっとりとした色気のある女だ。

切れ長の目で見つめられた虎丸は、ごくりと喉《のど》を鳴らした。

女はくすりと笑う。

「取って食べられるようなお顔をして、可愛いお人。でもご心配なく。あたしは芸者ですから、押し倒したりはしませんよ」

「そ、そうか」

胸をなで下ろし、酒ではなくお茶をくれと言った。

話をして、新吉原にいる女すべてが遊女ではないことを知った。言われて見れば、身なりが太夫のように艶やかではなく、地味な様子だ。

そのことを言うと、女は褒め言葉だと笑った。

芸を売る者であって、身体を売る者ではないことを言いたいのだろう。

別に知らなくても困らない新吉原の遊びかたを伝授され、判太郎が、大尽と言われる紀伊國屋文左衛門《きのくにやぶんざえもん》に劣らぬ粋な男だと教えられた。

「ここは極楽もあれば、地獄もある。太夫に入れ込み過ぎて、身代《しんだい》を潰してしまわれる人もいます」

今虎丸がいる妓楼一軒を貸し切るどころか、新吉原自体を貸し切りにして大金を落としていく者がいると聞き、虎丸は凄《すご》いと思うより、

（あほじゃの）

胸のうちで呆れていた。

こんなところからは早く帰りたいと思ったが、判太郎はまだ戻ってこない。小鶴

と肌を重ねているのだろうが、訊くのは野暮だ。

するると芸者が、察したように話題を変えた。

「判太郎さんから、太夫とのことを聞いてらっしゃらないのですか」

先ほど教えてくれた中に、太夫をここから出す身請け、というのがあった。

「聞いていない。夫婦《めおと》約束でもしているのか」

芸者は首を横に振る。

「売られてきたあたしたちにとって、判太郎さんは仏のようなお人なのですよ。いい話だから教えてあげます」

そう言って話したのは、判太郎がこの店に通う理由だった。

判太郎は、小鶴とは肌を合わせていない。

小鶴は、判太郎の父親が借財で追い詰めてあるじを死なせてしまった家の娘だった。

十歳の時のことで、母親が病に侵されていたこともあり吉原に売られてきた。客を取る年になって店に出たが、目を引くような美人でもなく、大人しい気性のせいで人気が出ず、稼がぬ者は食べる物もろくに与えられないことが祟《たた》って、身体が弱っていた。そんな時、店の前を通りがかった判太郎が、格子窓の中で他の遊女たちという小鶴のことを偶然見かけたのだ。

小鶴の父親が自害した時、判太郎は札差の見習いとして働いていた。当時双井屋のあるじだった父親の判右衛門《ばんえもん》から、金を貸していた者が自害した、すぐ行って、金になる物を押さえて来いと命じられ、番頭の弥三八と手代たちと共に家に行き、その時に、泣いている小鶴を見ていたのだ。

化粧をしていても面影が残っていた小鶴を見かけて立ち止まった判太郎は、名を偽って店に入り、本人か確かめたのだ。

助け出したくとも、父親の判右衛門の手前、身請けをすることはできない。

厳しい取り立てで小鶴の父親を追い詰めたのだと思っていた判太郎は、不幸のどん底にいる小鶴をなんとか助けたいと思い、名を隠して通い、大金を注ぎ込んで太夫にまで上らせた。そのあいだ一度も肌を重ねていないことは、店の者から吉原中に広がり、今では知らぬ者はいないという。

そこまで言った芸者が、得意そうな顔でにじり寄り、声をひそめた。

「ここからが、判太郎さんの株を上げた話ですよ」

半年前のことだ。

判太郎は、小鶴から抱いてくれと頼まれた。太夫としてではなく、一人の女として抱かれたいと言われた。

小鶴は、判太郎に心底惚《ほ》れたのだ。

これ以上、黙ってはいられないと判太郎は思ったのだろう。父親が自害したあの夜、家に行ったことを教え、今は双井屋のあるじだと名を告げて、父に代わってあやまったのだ。

小鶴は驚いたが、昔のことだと言い、抱いてくれなくていいから、帰らないでくれとせがんだ。応じた判太郎は、いつものように泊まったのだが、その夜中に、寝首をかかれそうになった。

寝ている判太郎に跨《また》がった小鶴は、涙を流しながら、両手でにぎった簪を振り上げたのだ。

気付いた判太郎は、抵抗しなかった。それで気がすむなら、喜んで死ぬと言い、微笑んだのだ。

小鶴は簪を捨て、判太郎に抱きついた。

そこまで教えた芸者は、自分を抱くように両肩をつかみ、うっとりとした顔で吐息をもらした。

「惚れた二人が思いを遂げたかどうかは誰も知らないけれど、判太郎さんは今も通い、太夫の身請け先が決まるまで、面倒を見続けていなさるんです。あたしも、そのような人に出会ってみたい」

「お前さんも売られた身だと言ったが、小鶴と同じように父親を失ったのか」

「いいえ、生きてます。今頃はどこかで飲んだくれてますよ」

急に陶酔から醒《さ》めた声音で言う芸者に、虎丸は、それはそれで気の毒だと思った。

二

夜もふけ、大門が閉まる頃に、虎丸は判太郎と家路についた。日本堤《にほんづつみ》の船着き場に行くと、来る時に使った船宿の名が入ったちょうちんを探し、待っていた猪牙舟に乗り込んだ。

船頭をちらと見た判太郎が、顔をのぞき込む。

「見知らぬ顔だね」

すると船頭は、頰被《かむ》りを取って頭を下げた。

「まだ日が浅いもので。来る時にお使いになられた舟は、別のお客を乗せて戻りました」

「そうかい。よろしく頼むよ」

「へい。それじゃ、出します」

虎丸から見れば、舟を漕《こ》ぐ腕はまだまだのようだが、判太郎は、愛想の良いこの船頭のことを気に入った様子だ。

大川に出た頃、虎丸は前に座る判太郎に近づき、芸者から小鶴との因縁を聞いたことを言うと、判太郎は振り向いて笑った。

「口が軽いなぁ」

照れた様子の判太郎に、虎丸も笑う。

「馬鹿正直で生真面目なのは、お前のほうだろう」

「返す言葉もございません」

「惚れ合っているなら、身請けして女房にしてやれよ」

判太郎は途端に、浮かぬ顔をした。

「残念ながら、父の手前、双井屋に入れることはできません。小鶴は、わたしよりふさわしい者のところに嫁ぐほうが、幸せになれます」

「そのふさわしい相手は目星が付いているのか」

虎丸の問いに、判太郎は微笑むだけで答えようとしない。

「いないのか」

「捜してはいるんですが、なかなか……。わたしのことなど、お前様にくらべれば小さなこと。どうか、お気になさらずに」

話を切ってしまう判太郎は、それ以上訊かないでくれという目顔をして、前を向いた。呑気《のんき》に鼻歌を口ずさみ、空を見上げる。

「ああ、今夜は星がきれいだ。与五郎さん、見てごらんなさい」

言われて、虎丸は見上げた。

遮る物がない視界いっぱいに、星が輝いている。

その時虎丸は、舟の動きが変わったことに機敏に反応し、振り向いた。すると、艪を置いた船頭が、足下に隠していた刀を抜くところだった。

目を見張った虎丸は立ち上がる。

船頭は、愛想が良かった先ほどとは別人のように恐ろしい目を向け、刀を抜いて言う。

「お前に用はない。死にたくなければ川へ飛び込め」

「何を言うか」

虎丸は、妓楼を出る時に返してもらっていた短木刀を右手につかみ、刺客と対峙《たいじ》する。

「なぜ判太郎を狙う」

「問答無用!」

刺客は怒鳴り、刀を振り上げた。

虎丸は咄嗟《とっさ》に、船縁《ふなべり》に乗って踏ん張り、舟を大きく揺らした。

ふらついた刺客は、斬りかかるどころか立つのがやっとで、刀を杖《つえ》代わりにして耐えている。

ほくそ笑んだ虎丸が、船縁を足場に飛ぶ。

刺客が目を見張り、慌てて刀を振るおうとしたが、顎《あご》に膝《ひざ》蹴《げ》りを食らい、暗い大川に落ちた。

共に落ちる覚悟で飛んでいた虎丸は、得意の泳ぎで舟に戻り、船縁につかまった。

判太郎が慌てた様子で手を差し伸べたが、虎丸は身軽に上がり、笑ってみせる。

「一応、川賊改役の端くれだからな」

判太郎は、安心した顔でうなずいた。

川面《かわも》をたたく音がして、

「た、助けて。わしは泳げぬのだ」

もがく刺客に、判太郎が顔を向けた。

「誰に頼まれたか言うなら助けますよ」

「言う、言うから助けて」

放っておけば死ぬ。

虎丸は何も考えずに竹棹をつかんで男を助けようとしたのだが、星明かりの中に、怪しい舟が近づいてくるのを見た。

「仲間に助けてもらえ」

虎丸は竹棹を引いて言い、櫓をつかんだ。

川下に向けて舟を漕いで逃げはじめると、逃がすな、という声が聞こえた。

新手《あらて》が乗っている舟は二人漕ぎで足が速い。漕ぎ手の他にも人影があり、ここで追い付かれるのはまずい。

舟の扱いに優れた虎丸は、一人漕ぎの猪牙舟ではこれ以上出せぬ速さで川面を走らせ、蔵前側の岸に着けると、判太郎の手を引いて道に上がった。

人気がない通りを走っていると、後ろを振り向いた判太郎が、

「追ってくる」

と言い、先に立つと道の角を曲がり、さらに曲がって路地を抜けたところで、虎丸を建物に引き入れた。

何かの倉庫なのか、入った途端に新しい木の匂いがした。

戸を閉めた判太郎は奥へ誘い、重ねられた材木と、積み上げられた米俵のあいだに入ると、格子窓から外を見た。

虎丸も続く。

二人で通りを見ていると、走る足音が近づいた。追ってきたのは、顔を隠した侍たち。

無紋の羽織と裁《た》っ着《つ》け袴《ばかま》姿の侍たちは、三人集まり、見失ったことに苛立《いらだ》ちの声をあげた。やがて、ずぶ濡《ぬ》れの侍が助けられて合流すると、頭目とおぼしき侍が顔を殴り、しくじりを罵《ののし》った。

「お前に用はない。去れ」

頬を押さえて怯《おび》えた顔をしているずぶ濡れの侍は、逃げるように走り去った。

残った三人の一人が、遠くへは行っていないはずだと言い、あたりを見回す。虎丸のほうへ顔を向けてきたので格子窓から離れ、判太郎と目を合わせた。

「やるか」

小声で言う虎丸に、判太郎は首を横に振り、両手を見せた。素手では無理だと言いたいのだ。

虎丸は短木刀を渡し、何か得物になる物はないか探していると、外から侍の声がした。

「町方の見廻《みまわ》りが来ます」

虎丸と判太郎がふたたび格子窓から見ると、頭目の侍が二人の仲間を連れて走り去るところだった。

判太郎を残して外へ出た虎丸は、通りを歩んで物陰に隠れ、様子をうかがう。そして戻り、格子窓から大丈夫だと声をかけた。

判太郎が出てくるのと、小者《こもの》を連れた町方同心が四辻の角を曲がってくるのが同時だった。

普段は人がいないはずの建物から出てきたのを見た同心が驚いた声をあげ、十手を抜いた。

「そこの二人！　止まれ！」

怪しい奴だと言わんばかりに駆け寄り、小者がちょうちんを近づけて顔を確かめた。すると同心は、安堵《あんど》の顔をする。

「なんだ、双井屋か」

判太郎は微笑む。

「お勤め、ごくろうさまです」

「こんなところで何をしている。お前、ずぶ濡れじゃないか」

虎丸を見て驚く同心に、判太郎が言う。

「吉原帰りに物盗《ものと》りに襲われて、隠れていたのですよ」

「何、物盗りだと！」

同心があたりを見た。

「けしからん。そ奴らはどっちに逃げた」

「もう近くにはいないかと。それより旦那、今夜は物騒ですから、店まで送っていただけませんか」

判太郎は、同心の袖に小判一枚を忍ばせた。

嬉《うれ》しそうな顔をした同心が、よし、と応じて、小者と共に送ってくれた。

「相手はどんな奴だった」

歩きながら訊かれた判太郎は、特徴を詳しく教えた。

賊が侍の疑いがあると分かった途端に、同心はやる気を削《そ》がれたらしく、

「辻斬りかもしれぬぞ。吉原で遊ぶのもいいが、用心棒を雇うなり、気を付けることだ」

そう言うと、後は世間話がはじまった。どうやら、捜すつもりはないようだ。

虎丸はあたりを警戒していたが、刺客がこちらを見ている気配は感じられない。

無事帰った判太郎は、同心に茶をすすめた。

応じた同心は、小女が出した茶を小者とすすりながら、虎丸のことを訊いてきた。

判太郎は客人だと言い、名は与五郎だと教える。

疑わぬ同心は、湯飲みを折敷に置くと、虎丸に風邪をひくなと言って、忙《せわ》しそうに夜の町へ戻っていった。

虎丸は、店の者が出してくれた着物に着替え、居間で落ち着いたところで、判太郎に言う。

「船頭になりすまして待ち伏せをするとはな。刺客を向けた者は、本気で命を取りに来ているぞ。これでも、相手が誰か分からないのか」

判太郎は神妙な顔をした。

「実は刺客の中に、聞いたことがある声の者がいました。町方が来ると教えた声は、確かに聞き覚えがあります」

「金を貸している商人か」

判太郎は首を横に振り、浮かぬ顔をするが、誰かは言おうとしない。

「覚えがあるなら、どうして同心に言わなかったのだ」

心配する虎丸に、判太郎は微笑む。

「思い違いかもしれませんから。本人かどうか、こちらで確かめてみます。今日は、とんだことになりました。風邪をめされるといけませんから、暖かくしてお休みください」

判太郎は話を切ると、控えている手代に虎丸の世話を命じて、自分の部屋に入ってしまった。

虎丸も部屋に戻り、手代が炭を入れてくれた火鉢で温まりながら、判太郎の命を狙う者のことを考えた。

手代に訊いても、相手が思い浮かばぬ様子。

下がらせた虎丸は、床に入った。

新吉原の刺激と刺客の襲撃を一晩で経験し、

「江戸は恐ろしいところじゃのう」

尾道ののどかさを懐かしく思いながら、目を閉じた。

夢を見ることもなく目をさましてみると、外障子は明るくなっていた。

庭からすずめの声がする。

心地良いさえずりを聞きながら天井を見つめていると、いつの間にか二度寝していたらしく、朝餉《あさげ》をすすめる手代の声で目をさました。

俸禄米《ほうろくまい》が集まるこの時期、札差の双井屋には武家の者たちがひっきりなしに訪れ、判太郎は朝から忙しく働いている。

一人で遅い食事をすませ、退屈した虎丸は、年貢米が集まる公儀の蔵の様子を見に行くと手代に告げて外へ出た。

大川の川岸に行くと、米を満載した荷船が目の前を横切り、蔵の船着き場に滑り込んだ。他にもたくさんの荷船が集まり、川は大にぎわいだ。

川に浮かぶ舟の上で、船頭たちが大声で何かを言い合っている。喧嘩《けんか》ではなく、舟をどう着けるかなど、仕事の話をしているようだ。米を積んだ舟が行き交う様子を見ながら、川賊が出ないことを祈った。

葉月家の船手方《ふなてがた》は、今頃どうしているだろうか。

ふとそう思い、川の対岸に目を向けてみる。

公儀の船蔵は望めるが、柴山昌哉《しばやましょうさい》や、高里蔵三《たかさととしぞう》らが詰める葉月家の屋敷は、見ることができない。

「蔵三は、どうしょうるかの」

兄蔵正《としまさ》を殺した川賊を捕らえ、少しは気が収まっているだろうかと思ったものの、

「そんなわけないよの」

と、蔵三の身になってみる。

辛く悲しい気持ちでいるであろう蔵三のことを気にかけながら、虎丸は岸辺を離れて、一包の家に向かった。

家に入ると、一包と鯉姫は、今日も忙しくしていた。

病や怪我を診てもらいに集まった町の者たちと共に座って待った虎丸は、後から来た者に順番を譲り、人がいなくなるのを待っていた。

患者を呼びに来た鯉姫が、虎丸が来ていることに気付いて歩み寄ってきた。

「どしたん。しんどいん」

急に顔を出したことに驚いた様子の鯉姫に、虎丸は微笑む。

「あまりに暇じゃけ来ただけよ。目まいは昨日からまったくせんようになったけ、

もう大丈夫じゃろう」

「自分で決めたらいけん。待っときんさい」

そう言って老婆を連れて行く鯉姫は、もうすっかり一包の弟子に見える。

町の者たちも、口は悪いが優しい娘さんだと言い、頼っている様子だ。

そんな町の者たちが皆帰った後で、虎丸は鯉姫に付き添われて、一包のところへ行った。

正面に座ると、一包は顔と手足を触りながら見ていたが、険しい面持ちをする。

「もう少しだな」

たった今一包が診ていた自分の手を見た虎丸には、違いがよく分からなかった。

「先生、何がどうおかしいのか教えてくれ」

すると一包は、手鏡を取って渡した。鯉姫が手を伸ばして虎丸の着物の前をはだけるのを待って告げた。

「首から上が赤らんでいるのが分かるか」

虎丸は顔を左右に向けて見た。

「言われてみれば、確かに」

首から上が、僅《わず》かに赤らんでいる。腕もそうだった。

「おかしいのう。夕べは、こうはなっとらんかったが……」

「おそらく、身体が毒と戦っているのだ。顔が火照らないか」

一包がそう言うと、鯉姫は虎丸が答える前に、額と頬に手を当ててきた。間近で目が合ったが、鯉姫は気にしない様子で、熱はないようだと一包に言う。

安堵した様子の一包は、虎丸に微笑む。

「もう少しだな」

「ほんまに」

「うむ。湯屋で汗をかくことと、薬を続けなさい。赤みが消えれば、毒が完全に抜けているはずだ。丁度患者も引けたことだし、今から一緒に湯屋へ行くか」

「行こう」

虎丸は嬉しくなって、一包の誘いに二つ返事で応じた。

鯉姫は虎丸に薬と水を渡しながら、顔を見てきた。

「赤みが引いても、勝手に屋敷へ帰ったらいけんよ」

「分かっとる。鯉姫」

改まって名を呼ぶと、鯉姫は警戒する目をした。

「どしたんね、真面目な顔して」

「助けてくれて、恩に着る」

頭を下げる虎丸に、鯉姫は戸惑いとも、照れともとれる顔をした。

「借りを返しただけじゃけ、気にしんさんな」

虎丸は顔を上げ、もう一度礼を言った。

「ありがとう」

「ええようるじゃろ。早《は》よ湯屋に行きんさい」

虎丸は笑顔でうなずき、一包と出かけた。

湯屋は珍しく人が少なく、ゆっくりできたおかげで汗をたくさんかいた。帰りは、前に立ち寄った店で甘酒を飲み、鯉姫と会わずに家の前で一包と別れて、双井屋に戻った。

出る時には大勢の武家がいたが、戸口から見る限りでは人が引けている。昼からは落ち着いたのだろうと思い中に入ると、気付いた手代たちが頭を下げたものの、表情が硬い。

どうも様子が変だ。

そう思いつつ部屋に戻ろうとすると、番頭の弥三八が帳場で立ち上がった。

「やっとお戻りですか」

切迫した様子に、虎丸が立ち止まる。

「何かあったのか」

「大変でございます。たった今知らせがあり、お嬢様の加代《かよ》様が、攫《さら》われました」

「どこのお嬢様が攫われたのだ」

するとと弥三八は、苛立ったような面持ちをした。

「旦那様の腹違いの姉様でございます」

「判太郎に姉がいたのか。初耳だ」

「別宅でお暮らしでしたが、今朝日本橋に買い物に行かれた帰りに、攫われてしまったのです。供の者が、今知らせて来ました」

「判太郎は」

「知らせた者と、奥へおられます」

虎丸は力になろうと思い行こうとしたが、六畳間の先にある襖が開けられ、判太郎と見知らぬ女が出てきた。

うつむき気味で判太郎の様子を見ながら後に続いている女は、血の気が失《う》せ、恐れたような面持ちをしている。

前を歩く判太郎は、虎丸に気付く前に腕組みをして立ち止まり、女に振り向いた。

「まったく厄介者だ」

迷惑そうにため息をつく判太郎に、虎丸は腹が立った。

「おい、血を分けた姉にそんな言い方をするな。攫われたんだぞ」

すると判太郎は、いたのか、という顔をしたが、それは一瞬のこと。すぐに不機嫌そうな面持ちとなり、上がり框《がまち》まで出てきた。

「どうせ、ろくでもないことですよ。放っておくのが一番だ」

「お前、見捨てるのか」

責める虎丸に、判太郎はため息をついて付き人の女に顔を向けた。

「ほらお前さんも、そんな顔をしなさんな。さっきも言っただろう。付き人になって間もないから知らないだろうけど、これは姉の芝居に決まっているんだ」

決めつける判太郎に、女は不安そうな顔をしている。

弥三八も同じで、心配した様子で言う。

「旦那様、話を聞くかぎり、前と同じようには思えないのですが」

「当然さ。抜け目がない姉が、同じ手を使うものか」

虎丸は疑問に思った。

「どういうことだ。いったい、何があった」

するときた判太郎が、忌々しそうな顔で教えた。

「姉は、やくざ者を使ってあたかも攫われたように見せかけ、五百両もの大金をわたしから騙《だま》し取ったんですよ」

「ほんまに？」

鯉姫と芸州弁で話したばかりだったせいで、つい出てしまった。

だが判太郎は、怒り心頭のせいで気にしていない様子だ。姉への不満を吐き出した。

「前は、まんまと騙された。やくざの使いに金を渡したその日に姉が店に来て、助けてくれてありがとうって、しおらしく言ったものの、次の日から芝居の役者に金をつぎ込み、男顔負けの豪遊をしていたんです。このたびも、きっと嘘に決まっている。おおかた金を使い果たして、遊ぶ金欲しさに仕組んだことでしょう」

だから放っておけ、と、付き人の女に言う判太郎の横顔を見ながら、虎丸は番頭の弥三八に、姉はどのような人なのか訊いた。

弥三八が言うには、お加代は双井屋で同居せず、芝居小屋がある両国橋《りょうごくばし》の近くで暮らして、暮らしにかかる金は、すべて判太郎が出していた。

毎日のように芝居を見て、役者に散財をして遊んでいると聞いた虎丸は、

「とんでもない姉だな」

思わず口から出た。

判太郎は笑い、弥三八と付き人の女に言う。

「誰が聞いてもろくでもない姉だ。相手にされないと分かったら、けろりとした顔で戻ってくるさ」

弥三八は判太郎に従い、付き人の女はようやく穏やかな面持ちとなり、家で待つと言って帰っていった。

程なく届いた文は、

(姉の命が惜しければ、五百両持って一人で新吉原まで来い。暮れ六つに家を出ること。駕籠《かご》も舟も使わず歩け)

と書かれており、浅草田んぼを通る道順まで記されていた。

そして、弥三八が真っ青な顔をして判太郎に渡したのは、櫛《くし》だった。

白木に牡丹《ぼたん》が浮き彫りにされた櫛を受け取った判太郎は、眉間《みけん》に皺《しわ》を寄せた。

「姉の物に違いない」

そう言って見つめるのは、包まれていた白い布。半分は血で染まっていた。

虎丸は、判太郎を見た。

「芝居ではないぞ」

判太郎は何も言わず、考える顔で櫛を見つめた。

「浅草田んぼは、新吉原に通う者たちの目があるのか」

地理を知らない虎丸の問いに、番頭の弥三八は不安そうな顔を横に振る。

「昼間でも人通りはほとんどなく、夜ともなると益々《ますます》寂しいところです」

「そこを歩けというのは、どうでも命を取る気だ。そうは思わぬか判太郎」

虎丸を見た判太郎は、悩む表情をした。

「確かに、姉の芝居にしては手が込んでいますね」

虎丸はうなずく。

「一人で行くのは危ない。相手に気付かれないよう、わたしも行こう」

「いや、それは結構。弥三八、蔵から五百両を出すから手伝っておくれ」

動じない判太郎は、弥三八を連れて金蔵に入った。

時が過ぎ、外が暗くなりはじめた蔵前の町に、暮れ六つを知らせる鐘の音が響き渡った。

虎丸は、支度をする判太郎に、馬鹿正直に一人で行くのは危ないと言い、弥三八も町方に相談するべきだと訴えたが、判太郎は大丈夫だと言って、絹の着物に絹の羽織を着けた出《い》で立ちで、小判五百枚を詰めた葛籠《つづら》を背負い、道中差しも帯びずに一人で出かけてしまった。

どうにも胸騒ぎがした虎丸は、不安がる弥三八や手代たちにまかせろと言った。

「わたしがこっそり跡をつける」

そう言って外に出た虎丸を、弥三八が追ってきた。

「これをお持ちください」

差し出されたのは道中差しと、短い木刀だ。

「店にある武器はこれだけです」

「ありがたい」

虎丸は受け取り、判太郎に気付かれないようあいだを空けて付いて行った。

三

そうとは知らず歩いていた判太郎は、浅草の町を抜ける手前でちょうちんに火を灯《とも》すべくあたりを見回したが、辻灯籠《つじどうろう》の火が灯されていなかった。町を歩いていると、商いをしている一膳飯屋が目にとまり、立ち寄った。

迎えた店の小女に小銭を渡し、

「火種が見当たらないのでお願いしたい」

とちょうちんの蠟燭《ろうそく》を見せると、明るく応じて火を灯してくれた。

ここに来てわざわざ店に入ることを思いついたのは、虎丸が来ていないか確かめるためでもある。格子窓から外を見ると、それらしい姿はなかった。

安心して外へ出た判太郎は、浅草田んぼを目指した。

寺が並ぶ通りを抜けると、その先は真っ暗だ。

ちょうちんの明かりを頼りに細い道を歩いていると、幸いなことに雲が流れ、満月が顔を出した。

判太郎は空を見上げて立ち止まり、田んぼの先へ眼差《まなざ》しを向けた。新吉原と日本堤に並ぶ茶屋の明かりが遠くに見える。山手側へ目を向ければ真っ暗で、人通りもない。

わざわざこんなところを通らせるのは、やはり虎丸が言ったとおり、ここで襲うつもりに違いない。

口には出さなかったが、相手に心当たりがある判太郎は、気を引き締め、警戒をして歩きはじめた。

田んぼの中程に来た時、暗い道を歩いていた判太郎の前から足音がして、人影が二つ現れた。

「双井屋判太郎だな」

聞き覚えのない声だが、よく見れば、二人とも羽織と袴の腰に大小を手挟んだ侍、いや、浪人者か。昨日襲ってきた者とは身なりが違うようだが、仲間であろう。

「そうですが……」

油断なく答えると、ちょうちんを奪われた。一人が判太郎の後ろに回り、前後に挟む。

「付いて来い」

前に立つ浪人が言い、歩きはじめた。

「行け」

後ろの浪人に背中を押され、判太郎は歩みを進めた。

連れて行かれたのは、浅草田んぼを西に向かった森の中にある、名も知らぬ神社。

暗い境内に進むと、祠《ほこら》の裏手からちょうちんを持った男たちが現れた。

明かりの中に、縛られた加代がいるのを見た判太郎は、生きていることに安堵しつつも、疑う眼差しを向ける。

加代は、杉の根が這《は》っている地面に足を取られないよう気を付けながら歩いている。判太郎に向けられた目は、不安に満ちているように見えた。

ほんとうに攫われたのだろうか。

そう案じたが、覆面を着けた商人風の男が、

「一人で来たのだろうな」

と言った声を聞いた判太郎は、ため息をつき、厳しい目を向けた。

「脅しにしてはやり過ぎではないですか、義兄《にい》さん」

すると、覆面を着けた男は立ち止まった。

何も言わぬが、立ち姿に動揺が浮かんでいる。

判太郎は目を離さず責める。

「刺客までよこすのはやり過ぎですよ。危うく命を落としかけた」

すると男は覆面を取り、切羽詰まった顔で言う。

「何のことだ」

「とぼけないでください。この芝居を本物に見せるためだか知りませんが、昨日、

大川で侍に襲わせたではないですか」

するとお加代が目を見張り、縛られていたはずの縄をするりと落として、元夫の顔を平手打ちした。

「弟になんてことするんだい！」

元夫は、たたかれた頰を押さえて慌てた。

「待て。知らん。知らんぞ」

だが判太郎は、顔を見合わせている浪人どもを見回し、義兄に詰め寄った。

「とぼけても無駄です。刺客の中に、義兄上《あにうえ》が雇っておられる用心棒がいました。声を覚えているので確かです」

と言うと、元夫はふたたび、お加代に頰をたたかれた。

頭がくらっとしたのか、たまらず尻餅《しりもち》をついた元夫が、仁王《におう》立ちするお加代を見上げ、判太郎に顔を向けた。

「坂山《さかやま》先生のことを言っているなら、とんだお門違いだ。今のわたしに、用心棒を雇う金はない。先生は、お加代と別れてすぐ暇《いとま》を出した」

ほんとうだ、信じてくれと必死に言う姿は、嘘を言っているようには思えない。

判太郎は困惑した。

てっきり、姉と別れさせた双井屋を逆恨みして、当代の自分を襲わせたものだと思っていたのだ。

お加代の元夫は、名が知れた紀伊國屋文左衛門と肩を並べる、富豪の材木問屋と言われていた木《き》曽《そ》屋《や》武《ぶ》右《え》衛門《もん》だ。

商売敵ともいえる文左衛門のことを武右衛門は毛嫌いし、何かと張り合っていたのだが、新吉原で大尽ともてはやされる文左衛門に負けじと、太夫に大金を使ってうつつをぬかしたせいで商売が傾き、判太郎の父親から見限られた。嫁入りしていたお加代と離縁させられ、それまで融通していた金を返すように言われていた。

その父親は今、浅草の別宅で隠居暮らしをしている。

「父を恨み、わたしを襲わせたのではないのですか」

探る判太郎に、武右衛門は神妙な顔で答えた。

「確かにわたしは、お加代と別れさせられて恨んでいた。だが、人殺しを頼んだりするものか。ほんとうだ、信じてくれ」

「送られた櫛に血が付いていました。そこまでしてわたしを呼び出したのは、金だけが目当てではないのでは」

白状させるために胸ぐらをつかもうとした時、お加代が割って入った。

「あれはあたしが仕組んだことだ。櫛の血は、武右衛門の鼻血だよ」

　驚く判太郎に、お加代は頭を下げた。

「言うことを聞かないこの人に腹が立って思わず手を上げたら、鼻血が出ちまったんだ。それを櫛になすり付けて送ったんだよ。責めるなら、あたしを責めな」

　判太郎は、血を分けた姉に軽蔑《けいべつ》の眼差しを向けた。

「わたしから遊ぶ金を騙し取るために、別れた亭主をたたいてまで……。情けない」

「そうでもしないと、金をくれったってくれないだろう」

「乱れた遊びをすることが分かっていて、渡す者がいますか」

「ふん。自分はどうなんだい。毎晩のように、吉原に通ってるじゃないか」

　小鶴のことを言ったところで信じてもらえないと思う判太郎は、鼻先で笑った。

「わたしが稼いだ金を何に使おうと勝手だ。それに、姉さんが日々の暮らしで使っている大金を出しているのは、わたしですよ。感謝されるどころか、このようなことまでして金を騙し取ろうとされたんじゃ、踏んだり蹴ったりだ。金輪際、縁を切らせてもらいます」

「上等だ！」

腕組みをして啖呵《たんか》を切るお加代に真っ青な顔をした武右衛門が、背中にかばって判太郎と向き合った。

「違うんだ」

判太郎が睨《にら》む。

「何が違うのです」

「お加代は、わたしのためにしたんだ。わたしは金に困り、もうだめだと思って首を吊《つ》ろうとしたんだが、安物の縄を使ったものだから、切れちまってできなかった。そんな間抜けなところを長屋の連中に見られてしまって、あっという間にお加代の耳に入って、馬鹿な男だと叱られて……。情けない話だろう。笑ってくれ」

笑えない判太郎は、お加代を見た。

「その時にたたいて出た鼻血を、櫛に付けたのですか」

お加代はそっぽを向いて答えようとしない。

判太郎は冷静を取り戻して武右衛門を見た。

「つまり、遊ぶ金ではなく、義兄さんを助けるための金ということですか」

「そうだ。金を工面するから、死ぬなと言ってくれたんだ。甘えたわたしが悪いんだ。すまない。このとおりだから、お加代を許してやってください」

頭を下げる武右衛門を見るお加代の表情に、判太郎は思うところがあった。

「許すわけにはいきません。このことは、父に言います」

するとお加代が目を見張り、慌てた。

「それだけは勘弁しとくれ。おとっつぁんにだけは言わないでおくれ。お願いだよ判太郎、あたしが悪かった。もう騙したりしないから、ね、お願い」

判太郎は、そんなお加代の正面に立ち、

「今でも惚れているのか」

厳しい顔で問う。

お加代はうろたえたように目を泳がせ、返事をしない。

浪人たちが示し合わせて黙って下がり、闇に紛れて逃げていった。

目で追った判太郎は、

「とんだ茶番だ」

そう吐き捨て、武右衛門とお加代にため息をついた。

背後に人の気配を感じたのは、その時だ。

「まだ何か用ですか」

そう言って振り向いた判太郎の目に入ったのは、逃げた浪人たちとは違う者たちだった。覆面で顔を隠し、ただならぬ様子の曲者《くせもの》は、大川で襲ってきた刺客。

三人の侍は、判太郎を逃がさぬよう囲み、抜刀した。

判太郎は、その中の一人に鋭い目を向ける。

「顔を隠しても声で分かっていますよ、坂山さん」

すると、その侍は覆面を取った。

角張った顎が特徴の男に、判太郎はほくそ笑む。そして、武右衛門に顔を向けた。

「やはりあなたが差し向けたのですね。わたしの命を取って何になる」

「違う！　わたしは先生を雇っていない。金がないと言っただろう。逃げた者たちは浪人ではなく、同じ長屋に暮らす役者の端くれだ。刀も芝居で使う偽物だし、小銭を払って手伝ってもらったんだ。信じてくれ」

すると坂山が、武右衛門を見た。

「誰かと思えば、落ちぶれた商人か。世話になった恩はあるが、この場に居合わせた者は生かしておけぬ。姉弟《きょうだい》と仲良くあの世へ行け」

刀を正眼《せいがん》に構え、前に出ようとした坂山であったが、背後の木陰に気配を感じて振り向いた。

「そこにおるのは誰だ！」

叫ぶのと、頭に石が当たるのが同時だった。

額を押さえて呻《うめ》く坂山の前に現れたのは、虎丸だ。

四

「おのれ、またしてもお前か」

「そりゃこっちが言うことよ。ねちねちしつこい野郎じゃのう」

侍に向かう虎丸に、判太郎は驚いた顔をしている。

気付いた虎丸は、微笑んだ。思わず芸州弁になったことを気にして、言葉を改めた。

「どうも胸騒ぎがしたのだ。付いて来てよかった」

判太郎はうなずき、坂山を見た。

虎丸を睨んでいた坂山が、怒りをあらわに斬りかかった。

咄嗟に下がった虎丸は、刃風を感じた鼻をさわり、持っていた短い木刀を構えた。

血が滲《にじ》む額を押さえ、怒りを隠せぬ坂山が気合をかけて襲いかかる。

虎丸は右手の木刀で刀を弾《はじ》き上げ、左手に持っていた道中差しの柄頭《つかがしら》で腹を突いた。

呻いて間合いを空ける坂山を見据えた虎丸は、油断なく判太郎に近づき、道中差しを投げ渡した。

抜刀した判太郎が、

「坂山はわたしが」

と言い、前に出た。

応じた虎丸は、短い木刀を右手に下げて歩み、覆面を着けている侍と対峙した。

侍は虎丸に訊く。

「貴様、町人ではないな。何者だ」

「双井屋の居候だ」

そう答えると、侍から隙が消えた。切っ先を地面に向けて下段に構え、猛然と迫ってきた。

「むん！」

気合をかけて斬り上げる太刀筋は鋭い。だが虎丸は見切り、刃《やいば》を眼前にかわす。

侍は手首を転じて斬り下ろしたが、これもかわし、飛びすさる。

追ってきた侍が刀を振り上げる一瞬の隙を突いた虎丸は、間合いに飛び込んで手首を打った。

呻いた侍が下がり、痛む右手を振った。すぐに両手で刀をにぎり、正眼に構えるや、

「おのれ！」

怒号を発して刀を振り上げた。

斬りかかろうとするより先に間合いに飛び込んだ虎丸が腹を突き、呻いて屈《かが》んだ侍の後頭部を木刀で打った。

気絶して頭から倒れる侍を一瞥《いちべつ》した虎丸は、判太郎を見た。

新陰流を極めている判太郎は、峰打ちに返した道中差しを右手ににぎり、坂山と侍を相手に睨み合っている。

その後ろにいるお加代と武右衛門が、恐れおののいた様子で抱き合っていた。

虎丸が助太刀に行こうとすると、もう一人の侍が向かってきた。

それを機に、坂山が判太郎に斬りかかる。

判太郎は片手で刀を弾き上げ、返す刀で坂山の右肩を打った。

一撃で骨を砕かれた坂山は刀を落として倒れ、悶絶《もんぜつ》した。

虎丸に向かってきた侍は、坂山が倒されたことを知るや下がり、きびすを返して

逃げた。

追う虎丸は、石段に向から侍めがけて飛び、背中を木刀で打った。のけ反った侍が振り向いた額を木刀で打つ。呻いた侍は、気を失って仰向《あおむ》けに倒れた。

坂山と共にいた二人のうち、たった今虎丸が倒した侍の覆面を取った判太郎は、

「そういうことか」

と、首《こうべ》を垂れてため息をついた。

その様子に、虎丸はいぶかしむ。

「知っている者か」

「ええ。二万両を貸している大名家に利息の催促に行った時、この人を見かけたことがあります。家来かどうかは、分かりませんが」

「起こして訊けば分かる」

虎丸は侍を座らせ、腰から下げ緒を奪い取って背後に回ると腕を縛り上げた。その上で活を入れてやると、息を吹き返した侍は抵抗しようとしたが、下げ緒で縛られているためどうにもならない。

「あきらめろ」

虎丸が言い、判太郎が道中差しの切っ先を眼前に向けると、ようやく大人しくな

った。

「正直に答えてくれれば、命までは取りません。あなたを見たことがあります。わたしを殺せと命じたのは、殿様ですか」

侍は判太郎から目をそらした。

「知らん」

「言ったでしょう。あなたを見たことがあると。神田《かんだ》にある一万石の大名屋敷です。あなたはその家の家臣ですか、それとも、金欲しさに仕事を受けた食い詰め浪人ですか。返答によって、あなたの運命が決まりますよ」

侍は睨んだ。

「どう決まると言うのだ」

「それをお教えしたのでは、返答をかえるでしょう。家来ですか、それとも浪人ですか」

道中差しの切っ先を当てられた侍の顎が浅く切れ、血が流れた。

痛みに顔をしかめてのけ反る侍は、判太郎が道中差しを首筋に当てかえたことに目を見張り、待てと言った。

「我らは、あんたが言う大名に金で雇われただけだ。恨みなどなければ、大名の家来でもない」

「それは妙ですね。家来でもない者が、どうして蓮見《はすみ》家にいるのです」

「おぬしが見たのがいつのことか知らんが、時々金で雇ってもらう」

「人殺しをするためにですか」

「違う。ただの薪割《まきわ》りだ」

判太郎は目を細めて疑う顔をしたが、

「まあいいでしょう」

と言い、立ち上がった。

離れる判太郎に、虎丸が顔を向けた。

「どうする」

「そうですね。柱にでも縛り付けておきましょうか」

応じた虎丸は、侍を立たせて歩かせようとしたが、体当たりをされた。

縛られたまま逃げる侍を追い、木刀で後頭部を打って気絶させた。

肩を押さえて見ていた坂山が、この隙に立ち上がって逃げようとしたが、判太郎に道中差しを向けられ、顔を引きつらせた。

「同じ目に遭いたいのですか」

判太郎が厳しい声で言うと、坂山は観念し、あぐらをかいた。

三人まとめて境内の木にくくり付けるあいだに武右衛門が自身番《じしんばん》に走り、役人を連れて戻ったのは四半刻《しはんとき》（約三十分）後だ。

自身番に詰めていた役人たちは、双井屋の判太郎が浪人に襲われたと聞くや驚き、夜にもかかわらず大勢を集めて駆けつけた。

遅れて来た同心が判太郎に駆け寄り、怪我を心配している。

知った顔でよかったと笑う判太郎は、大名家がよこした刺客だとは教えず、厳しく罰してくれと頼んだ。

「どうして命を狙われたのだ」

同心に訊かれて、判太郎は笑う。

「金を返したくなくて、襲ったのでしょう。困った人たちです」

「そういうことか。これからはあまり厳しくせぬほうが、身のためだぞ」

まるで判太郎が悪いような言いかたをする同心は、目をさまして大人しくしている浪人二人と、大怪我をしている坂山を自身番に運ぶよう町役人たちに命じた。

自身番に引き上げる同心の後に続いた虎丸たちは、途中で別れ、お加代と武右衛門を連れて双井屋に帰った。

店の外で帰りを待っていた弥三八は、判太郎がお加代を連れているのを見て駆け寄ったが、虎丸の後ろに武右衛門がいると知るや、顔色を曇らせた。

「旦那様、まさかお嬢様を攫ったのは武右衛門さんですか」

「いろいろあったのさ」

「いろいろとは」

「まあそれは、おいおいに話す。寒いから酒を温めておくれ。みんなの分もね」

判太郎は、刺客に襲われたことは告げず店に入り、待っていた奉公人に何も心配ないと言って休ませ、武右衛門とお加代を座敷に上げた。

後に続いた虎丸は、部屋の入り口に座り、判太郎がどう始末を付けるのか見守った。

しおらしく並んで座る武右衛門とお加代の前に座った判太郎は、腕組みをして、二人の顔を交互に見た。

湯を沸かして待っていたのだろう、程なく、熱燗《あつかん》を持って弥三八が来た。

「まずは飲もう」

判太郎がすすめたが、武右衛門は盃を取ろうとしない。

お加代が手を取って持たせ、酒を注いでやった。

弥三八は虎丸に酒をすすめたが、虎丸は飲みたくないので断り、熱い茶にかえてもらった。

落ち着いたところで、判太郎が盃を置き、武右衛門に顔を向ける。

「それで？　いったいいくらあれば、首をくくらなくていいのです」

武右衛門は背中を丸めた。

「やくざの高利貸しから借りた十両が、今では五十両になってしまい、どうにもならなくなったんだ」

虎丸の横に座っていた弥三八が、驚きの声を吐いた。

判太郎も、情けない、という言葉のかわりにため息をつく。

「何十万両という金を思うままに動かしていた人が、たかだか五十両で首をくくろうとしたのですか」

「…………」

武右衛門は返す言葉もないようだ。

判太郎は、そのすっかり小さくなっている姿に怒気を浮かべた。

「世の中を軽く見るから、そういう目に遭うのです」

するとお加代が不服そうな顔を向けた。

「軽く見てもいないし、なめてもいやしないさ。この人はね、やり直そうとしていたんだ。小さくても、商いをはじめようとしていたんだよ」

判太郎は厳しい目を向けた。

「今でも、この人を好いているようですね」

お加代はそれには答えず、虎丸の前で判太郎に頭を下げた。

「お願いだよ判太郎、二度と迷惑をかけないから助けておくれ」

判太郎が黙って見ていると、お加代は顔を上げて武右衛門の腕をたたいた。

「何ぼさっとしてるのさ。頭をお下げよ」

我に返ったように頭を下げる武右衛門。

判太郎は、どう始末をつけるのか興味津々の虎丸と目を合わせてきたが、すぐに、目の前で揃って頭を下げる二人を見おろした。

「姉さんは、よりを戻したいのですか」

「あたしには、この人しかいない」

頭を下げたまま言うお加代が、横にいる武右衛門の袖をつかんだ。

判太郎は、ふたたびため息をつく。

「父が知れば、怒るでしょうね」

「おとっつぁんには言わないでおくれ」

「隠し通せる相手ではないですよ。わたしは何も知らないことにしますから、二人でなんとかしてください。ただし言っておきますが、今のまま行けば、間違いなく武右衛門さんは張り倒されます。商いをするならするで、儲《もう》けを出してからのほうがいいでしょう」

判太郎は、横に置いていた葛籠を二人の前に置いた。

顔を上げたお加代が、判太郎に抱きついた。

「可愛い弟だよう」

「よしてくださいよ。誰もあげると言っていません。武右衛門さんに貸すのですから」

「なんでもいいさ。お前はほんとうに、可愛い弟」

抱きしめられた判太郎は、迷惑そうにお加代を離した。

泣いて喜ぶ武右衛門が、判太郎に礼を言い、虎丸に振り向いた。

「先ほどは、危ないところをお助けいただき、ありがとうございました」

頭を下げる武右衛門の横に並んだお加代が、礼を言おうとして虎丸の顔を二度見し、首をかしげた。

「どこかで見たような顔だね」

言われて、虎丸はお加代の顔を面と向かって見た。そして指差す。

「あ、湯屋にいた人だ」

虎丸の前で自分の胸をもんで見せていたお加代の姿が頭に浮かび、思わず胸に目を向けてしまった。

お加代も思い出したらしく、恥ずかしそうに笑う。

そんなお加代の横顔を見ていた武右衛門が、いたたまれない様子で虎丸を見てきた。

「二人は、どういったお知り合いで」

お加代が武右衛門の顔を手の平で押して遠ざけた。

「馬鹿だね。あたしは三十が近いんだよ。年の差をお考えよ。湯屋で一度見かけただけさ、ねえ」

虎丸はうなずいた。

「年の差は別として、そういうことだ」

「そういえば、名を聞いていなかったね」

「姉さん、この人のことはいいんだ」

割って入った判太郎が、わけあってうちでお預かりしている人だと教えて虎丸を部屋から出し、部屋に戻るよう目顔を向けると、障子を閉めた。

出てきた弥三八が、手を合わせる。

「お嬢様は気になったことは根掘り葉掘り訊く癖がありますので、お許しを。今、夜食を支度させますので、お部屋でお待ちください」

深く探られるのはまずいと思った虎丸は、応じて部屋に戻ろうとしたが、目の前の障子が開けられ、お加代が出てきた。

「誰だか知らないけど、判太郎を助けてくれてありがとう。これに懲りず、親しくしてやってください。弟は、友と呼べる人がいないの。だから、お願い」

潤ませた目で詰め寄られた虎丸は、微笑んだ。

「判太郎さえよければ」

すると、お加代は真面目な顔をして虎丸に頭を下げ、部屋に入ると、判太郎を可愛がる声が聞こえてきた。

虎丸は、かける言葉もない様子で立っている弥三八に振り向いた。

「良い姉弟だな。お加代さんなら、店をうまく回しそうな気がする」

笑って言い、自分の部屋に戻った。

虎丸が感じたとおり、ふたたび商いをはじめた武右衛門は、商売上手のお加代と力を合わせて、江戸だけでなく、上方にも名が知れる大店《おおだな》にしていくが、それはまだ先のことだ。

五

葉月家からなんの音沙汰《おとさた》もないまま、五日が過ぎた。

双井屋の自室で読み物をしていた虎丸は、身体を診てもらいに一包のところへ行こうと思い、部屋を出た。

竹内から知らせが来た時のために行き先を告げようと、判太郎と弥三八が仕事をしている場へ向かっていると、店に近い六畳間から話し声がしたので足を止めた。

見れば、判太郎と弥三八が、座りもせず向き合っていた。

「そんなところで立ったままどうしたのだ。何かあったのか」

虎丸が声をかけると、背を向けていた判太郎が、深刻そうな顔で振り向いた。

「どうもこうも、二万両も損をしました」

弥三八が続いて言う。

「借財をなかったものにするために旦那様を襲わせた蓮見家が、改易になったのです」

改易と聞いた虎丸は、判太郎を見た。

「襲った連中は、やはり蓮見家の手先だったのか。借財を踏み倒すために襲ったと、町奉行所で白状したのか」

「そのようですが……」

言葉を濁す言いかたをする判太郎に、虎丸は勘ぐった。

「改易されて、金が戻らぬことが不満なのか」

「まあ、そういうことです」

浮かぬ顔の判太郎に、虎丸は考えを述べた。

「公儀が厳しい罰をくだしたのは、商人たちの反発を恐れたからではないか。葉月家もそうだが、判太郎のように金を貸してくれる者たちが渋るようになれば、困るのは武家だ。蓮見家のような考えを持った者を出さぬように、見せしめに潰したのだろう」

判太郎は首を横に振った。

「わたしを襲わせたくらいで、一万石の御家が改易になどなりませんよ」

「他に理由があるのか」

「小耳に挟んだことによれば……」

「それはなんだ。蓮見家は、改易になるようなことをしていたのか」

「こちらへ」

店の者が近くに来たのを見た判太郎が、奥へ誘った。

付いていき、部屋で膝を突き合わせて座ると、判太郎は弥三八に廊下を見張らせ、虎丸を見据えた。

「公儀の者と深い付き合いがある札差仲間から聞いたことによれば、どうやら柳沢様が、蓮見家の当代藩主のことを偽者と疑っていたらしく、つけいる隙をうかがっていたとか。町奉行からこのたびのことを聞いた柳沢様は、逃すことなく責め立て、嘘を暴いたそうです」

「ほんとうに、偽者だったのか」

そうでないことを願う虎丸だったが、期待に反して判太郎はうなずいた。

「札差仲間が言うには、当代藩主は、江戸家老の縁者の妻が産んだ子供でした」

「柳沢は、どうやって調べたんや」

動揺して芸州弁が出てしまった虎丸に、判太郎は厳しい顔をした。

「蓮見家の江戸家老は古狸ですが、殿様は気が弱い人のようでしたから、柳沢様に面と向かって責め立てられて、嘘をつき通せなかったのではないかと。江戸家老が蓮見家を思うままにするために、子がいない先代をそそのかして、己の縁者の子供を、先代が妾《めかけ》に産ませた子供だと偽り、家に入れていたそうです」

虎丸は自分の身に置き換えて、背筋が寒くなった。

「偽者の殿様は、どうなった」

「仕組んだ江戸家老と重臣もろとも獄門に処され、首は今、刑場に晒《さら》されているそうです」

明日は我が身。

そう思った虎丸は、顔から血の気が引くのが自分でも分かった。

すると判太郎が、気遣う面持ちをした。

「大名家を我が物にしただけでなく、わたしまで殺そうとした江戸家老の欲深さが招いたこと。お前様とは違いますよ」

「同じだ。偽者だと柳沢に疑われてしまえば、まずいことになる」

「それに関しては、確かに」

　判太郎は厳しい顔で続ける。

「命を狙う者がまだ分かっていませんから、油断は禁物です」

　虎丸は、はっとした。

「ばれていると言いたいのか」

　判太郎は、否定をしない。

「楽観は禁物です。正体を知って毒殺をたくらんだのならば、蓮見家に厳しい罰がくだったことを知り、どう動くか。葉月家を潰す腹積りで動いていたとすれば、柳沢様の耳に入れる恐れがあります」

　判太郎の言うとおりだ。葉月定光に子はない。死ねば御家断絶となることを承知で命を狙っていたのなら、己の手を汚さずとも、この首を取れる。

　虎丸は、右手で自分の首をつかんだ。

「わたしを殺そうとした者は、晒し者になった蓮見家のことを知っているはずだ。今頃、何を考えているだろうな」

　判太郎は立ち上がり、虎丸の肩に手を置いた。

「恐れさせてしまいましたが、ここにいるかぎり大丈夫。いざという時は、逃げてしまえばいいのです。弥三八、若殿のお命を狙う者が訴えているかもしれないから、公儀の動きを探っておくれ」

「承知しました」

弥三八は応じて、立ち去った。

弥三八の背中を見た虎丸は、驚いた顔を判太郎に向ける。

「番頭は、公儀の動きを探れるのか」

「双井屋も公儀の要職に就かれている御家と付き合いがありますから、噂話程度のことは入ってきます。近いうちにまた寄り合いがありますから、わたしもそれとなく、葉月家のことを訊いてみますよ」

「蓮見家に二万両も貸していたのに、柳沢が藩主を疑っていることをまったく知らなかったのか」

「はい」

「ならば、葉月家のことも分からないのではないか」

「耳に入らなかったのは、わたしが蓮見家のことを疑いもしなかったからです。訊けば、何かしら耳に入っていたでしょうね」

「そういうことか」

札差仲間の情報力の高さに感心した虎丸が次に考えたのは、己の命のことではなく、竹内たち家臣のことだ。蓮見家のことを知って、どう思っているだろうか。早まったことはしないと思うが、どうにも不安に駆られ、立ち上がった。

察した判太郎が止める。

「竹内様たちならご心配なく。騒げば目を向けられることは分かっておいででしょうから、若殿が思われているようなことはなさりません」

どんな時も冷静な竹内を思い出し、虎丸は座りなおした。

命を狙う者と柳沢に、身代わりがばれていないことを念じて、きつく目を閉じた。

第三話　忍び寄る死

一

「そのほう、葉月定光になりすまし、上様を騙《だま》しておるな。調べはすべてついておる。竹内与左衛門以下、葉月家の重臣どもは即刻打ち首獄門。広島浅野も、ただではすまぬと思え。それ、引っ捕らえい！」

命じた柳沢吉保が、虎丸を見てあざ笑った。

目付役の山根真十郎《やまねしんじゅうろう》が腕をつかみ、強く引く。

抗《あらが》った虎丸であるが、思うように身体が動かない。

暗い廊下を引きずられて連行されたのは、地面に四角い穴が掘られた場所。首切りを担う侍が、無情の面持ちで抜き身の刀を下げて待っている。

叫ぼうとしても声が出ない。頭を押さえられ、暗い穴に顔を入れられた。

「覚悟！」

きらりと刃が光った時、全身がびくりとして、虎丸は目を開けた。

見えるのは、やわらかな日差しが当たる畳。縁側の先にあるのは、隣との境を板塀で仕切られた庭。植えられている蘇鉄《そてつ》のそばには、藍《あい》染めの小袖《こそで》を着た鯉姫の後ろ姿がある。干していた洗濯物を抱えた鯉姫が振り向き、縁側に上がってきて虎丸に言う。

「目がさめた？　なんかうなされよったけど、悪い夢でも見たんね」

「柳沢に首をはねられた」

起きて座り、首を触ると汗で濡《ぬ》れていた。

洗濯物を置いて近づいた鯉姫が、帯から手拭《てふ》きを取って差し出す。

「悪い夢じゃね。汗を拭きんさい」

神妙な顔をしているのは、虎丸が一包に身体を診てもらっている時に、蓮見家のことを話したからだ。

つい眠ってしまったのは、夕べから一睡もできず、ここへ来て気がゆるんだか、飲むと眠気がくる薬のせいだろう。

「悪い夢は見たが、よう寝れた」

そばで洗濯物を畳んでいた鯉姫が、虎丸を見て言う。

「良かったね。起きたら湯屋に連れて行くゆうて先生が待ちよってじゃけ《待ってらっしゃるから》。いやなことは忘れて、ゆっくり汗を流してきんさい」

「そうするか」

安堵《あんど》の息を吐いて立ち上がり、一包がいる表の部屋に行った。

「先生、待たせた」

声をかけて襖《ふすま》を開けると、文机《ふづくえ》の前で医術書を読んでいた一包が書を閉じ、そばに来て顔色を見た。

「うなされていたが、苦しかったのか」

「いや。例の蓮見家のせいで、悪夢を見た」

「なるほど。顔色も良いので、毒のことは、今日で仕上げといくか」

「ほんまに？　もうええんか？」

一包はうなずき、廊下を確かめてから小声で言う。

「鯉姫はまだだと言うが、毒はすっかり抜けている。今日まで引っ張ったが、薬も昼間に飲んだ分で終わりにしよう」

虎丸は嬉《うれ》しくなり、笑顔でうなずいた。

悪夢でかいたいやな汗を流すため湯屋に行ったものの、気分はすっきり晴れなかった。どうしても蓮見家のことが頭に浮かび、考えてしまうからだ。

ふと周りを見れば、顔馴染《なじ》みになっている町の男や女たちが、心配そうな顔でこちらを見ていた。隣に座っていた一包が言う。

「思い詰めた顔でいるから、みんな心配しているぞ」

虎丸は気を取り直して湯から出ると、あかすり男に頼んだ。

応じてあかすりをはじめた男が、

「与五郎さん、何かあったので？」

手を休めず訊《き》いてくる。

「たいしたことじゃない。気にするな」

「そうですかい。今にも死にそうな顔をしてらっしゃるって、みんなで心配してたんです」

「その反対だ。今日で治療が終わったから、ほっとしていたのだ」

そう誤魔化すと、あかすり男が皆に大声で言った。

「一包先生の治療が終わったんだと。さしずめあれだ、お鯉ちゃんの顔が見られなくなるから、寂しいんだぜ」

するとは町の男たちが、納得したように笑った。みんな虎丸と同じく、一包の世話になっている連中だから、鯉姫と虎丸が親しくしていることを知っているのだ。

「そんなに寂しいなら、いっそのこと女房になってもらったらどうだい」

「そうそう、仲がいいんだから」

所帯を持っている男たちが言うと、後ろにいた独身の男は気が気でない様子を見せた。

虎丸が、

「ないない」

と言って笑うと、その男は安堵した顔で背を向け、身体を洗いはじめた。

陽気な町の連中が世間話をはじめ、楽しそうに笑っている。みんなその日暮らしで明日のことは分からないと言うが、仕事もあり、贅沢《ぜいたく》を望まなければ飯を食いっぱぐれる者はほとんどいないから呑気《のんき》なものだ。

町の連中が明るいのは、今日一日を懸命に生きているからだと一包から聞いたことがある。特に病を患った者は、働いて飯を食べ、こうして湯屋に来られるあたりまえのことが、人一倍嬉しいのだとも。

今の虎丸には、そんな者たちの気持ちが分かる気がした。

楽しそうに笑っている連中を見ているうちに、竹内や五郎兵衛たちのことを思った。

先代と本物の定光を喪《うしな》ってしまって以来、みんなは腹の底から笑ったことがあるのだろうか。

広島で初めて会った五郎兵衛は泣いていた。

葉月家に入ってからも、竹内は鉄のこころの持ち主のように真顔ばかり。恩田伝八は、心配そうな顔か、困り顔しか思い出せない。

「おい、また暗い顔をしているぞ」

一包に言われて、虎丸は苦笑いをした。

「そろそろ帰ろうか」

応じた虎丸は、あかすり男に礼を言って身体を流した。

いつものように途中で甘酒を飲んで帰る頃には、外はすっかり日が暮れていた。

一包の家に帰ると、双井屋判太郎が来ていた。鯉姫と話をする判太郎は鼻の下を伸ばしていたが、部屋に入った虎丸を見るなり、顔から笑みを消した。

「話があります」

その真剣な顔に、虎丸は悪い予感がした。

「葉月家のことか」

「まあ座ってください」

判太郎の態度の変わりように、鯉姫は不安そうな顔を一包に向けた。

一包が判太郎に言う。

「わたしたちも聞いていいのか」

「はい。いてください」

許した判太郎は、虎丸があぐらをかくのを待ち、切り出した。

「今日あった札差《ふださし》仲間の寄り合いで、葉月定光様が上様直々に褒美をもらうらしいという噂を耳にしました」

虎丸は耳を疑った。

「竹内からは何も知らせが来ていない。何かの間違いではないのか」

判太郎は首を横に振る。

「確かなことです」

「いつ呼ばれるか聞いたか」

「五日後だと聞きましたが、定光様の体調次第では日延べをしたいと竹内様から願い出があったらしく、許されたとも聞いています」

さらに判太郎は、公儀の中でふたたび、定光重病説が上がっているとも教えてくれた。

「竹内から何も言ってこないが、間違いないのだな」

もう一度確かめる虎丸に、判太郎は厳しい目を向け、

「札差の情報は確かです」

そう言うと、ふっと笑みを浮かべた。

「良かったじゃないですか」

「つまりそれは、公儀には、身代わりがばれていないということか」

「そういうことです」

虎丸は胸をなで下ろした。そして、気になっていたことをぶつけてみる。

「蓮見家のことといい、判太郎はなんでも知っているな。ほんとうに、ただの町人なのか」

判太郎は意外そうな顔をした。

「何者だというのです」

虎丸は身を乗り出して、表情を探った。

「新陰流の免許皆伝でもある。公儀隠密《おんみつ》ではないのか」

すると判太郎は、虎丸を睨《にら》んだ。

着物の懐に右手を入れるのを見て目を見張った鯉姫が、虎丸を守ろうとした。

虎丸の目を見たまま判太郎が取り出したのは、銀の煙管《キセル》だった。

「お鯉さん、怖い顔をしないでください。わたしは若殿がおっしゃるような立派な者ではない。ただの札差ですから、ご安心を。たばこ盆をお願いできますか」

そう言って微笑みかける判太郎に、鯉姫《すんじゃない》は怒った顔をする。

「命が狙われとるんじゃけ、脅かしさんなや。先生はたばこを吸うてんないけん、ないよ」

「そうですか」

たばこが吸えず、残念そうに煙管を納めた判太郎は、虎丸に言う。

「打ち首になる夢を見たそうですが、気に病むのは身体に毒です。と言っても、気休めにもならないでしょうが」

「いや、教えてくれたおかげで気が楽になった」

一安心した虎丸は、公儀のことに詳しい判太郎に、先代諸大夫定義が殺された真相を訊きたくなり言葉が喉《のど》まで出ていたが、竹内に無断でできないと思い直して飲み込んだ。

「竹内が何も言うてこないのが気になる。登城の沙汰《さた》がきたなら困っているだろうから、一度帰る」

立ち上がる虎丸の前に鯉姫が立ちはだかった。

「行かせんよ」

「そう言うな。行かせてくれ」

だが鯉姫は、必死の面持ちで両手を広げた。

「ばれたらどうなるか分かったじゃろう。もう身代わりはやめんさい」

「偽者でも、ここで逃げたら葉月家が潰《つぶ》れる」

行こうとしたが、鯉姫は譲らない。

「毒のことも解決しとらんのに、殺されに帰るもん《人》がどこにおるんね」

そう言うと、控えていた翔に目配せをする。

部屋に入ってきた翔に腕をつかまれた虎丸は、目を見た。

「放してくれ。たとえ偽者でも、今はわたしがいなければ葉月家家臣と、その一族郎党五百と六九人が路頭に迷う。頼む」

翔は躊躇《ためら》って力を抜いた。

虎丸は手を放し、行こうとしたのだが、

「待ちなさい」

と一包が呼び止めた。

虎丸が振り向くと、一包は薬箪笥(だんす)の引き出しから包みを取り出してきて差し出した。

「毒消しの薬だ。念のために持って行きなさい。もし身体に異変が出たら、毎日朝夕飲むといい。鯉姫、屋敷まで送ってあげたらどうだ」

「うちは知らん」

鯉姫は背を向けた。

「大丈夫だ。ではまた」

この上迷惑をかけたくない虎丸は、薬の礼を言って外へ出た。

通りに歩み出たものの、夜だったので屋敷までの道がさっぱり分からない。

どちらに行くか迷っている背後で足音がした。振り向くと、鯉姫だった。

「道が分からんのじゃろ」

「人に訊けばなんとかなる」

「うちの前でその武家言葉はやめんさいや、気持ち悪い」

「そが……」

そがなことを言うな、と言いかけて口を閉じる虎丸を、鯉姫は睨んだ。

「死んでもしらんけぇね」

言いつつ手を引き、通りを歩きはじめた。

虎丸はあたりを見回して人がいないのを確かめ、手を放さぬ鯉姫に言う。

「案内してくれるんか」

黙って歩く鯉姫は、虎丸の手を引いて足を速めた。

筑波山護持院《つくばさんごじいん》に近づいた時、虎丸は足を止めた。

「表から堂々とは帰られん」

「分かっとるけん、付いてきんさい」

忍び込み慣れた鯉姫は路地を裏に回り、葉月家の土塀の角から顔をのぞかせて人がいないのを確かめ、潜り戸の前に走ると、帯に隠していた小柄《こづか》を抜いた。

隙間に入れて掛け金を外し、静かに開ける。

その手際の良さに、虎丸は感心した。

中を探っていた鯉姫が手をつかんで引き入れ、暗い裏庭を走る。

寝所が見える場所で潜んだところで、虎丸は鯉姫の手を放した。

「ここからは一人で大丈夫じゃ。助かった、ありがとう。夜道は危ないけ送って行こうか」

「あほじゃね。それじゃ来た意味がないじゃろう」

「それもそうか」

一人で笑っていると、鯉姫は目を見つめてきた。

「家来に見られんさんなよ」

「分かっとる」

「言うとくけど、死んだら許さんけぇね」

「死にゃせんよ」

鯉姫は手をつかんできた。

「嘘をついたら殺すけんね」

虎丸は笑みを消し、うなずいた。

鯉姫もうなずき、暗がりに紛れて去った。

見送った虎丸は、手を合わせて感謝し、寝所に忍び込んだ。

二

「おい、今物音がしなかったか」

虎丸がいなくとも寝所を守り、控えの間に詰めていた五郎兵衛は、仮眠を取っていた布団から起き上がった。

横で眠っていた伝八は、座って眠そうにあくびをした。

「夕べと同じで、風のいたずらでしょう」

「いや、今日は違う。表に渡る廊下の戸は閉めておるのか」

「こちらから閂《かんぬき》をかけていますからご心配なく」

「では、外から忍び込んだということだ」

夜着《よぎ》をはいだ五郎兵衛は、枕元に置いている大刀をつかんで障子を開けた。

内廊下は真っ暗で何も見えない。寝所へは目をつむってでも行ける五郎兵衛は、迷わず内廊下をすすんだ。

誰もいないはずの寝所の前に忍び足で行くと、あとから来た伝八が手燭《てしょく》の明かりを近づける。

五郎兵衛は、行くぞ、という顔をして襖を開けた。

一晩中灯《とも》している有明行灯《ありあけあんどん》でほの暗い部屋の中に、人の姿がある。

「何奴じゃ」

刀の柄《つか》に右手をかけて凄《すご》んだ五郎兵衛は、思わず悲鳴をあげそうになった口を右手でふさいだ。

「五郎兵衛、わしじゃ」

虎丸が言うと、五郎兵衛は刀を置き、滑り込むように膝《ひざ》を突き合わせて正座した。

「若殿……」

喜ぶ五郎兵衛に、虎丸は微笑む。

「心配をかけたが、おかげで毒はすっかり抜けた」

「ようございました。まことに……」

「泣くな」

虎丸は五郎兵衛の肩に手を置いて、手燭を持って入った伝八に笑みを向ける。

「久しぶりじゃの」

「ご無事のお戻り、何よりでございます」

「うん」

頬を拭《ぬぐ》った五郎兵衛が、不安そうな顔で言う。

「まだ毒を盛った者が分かっておりませぬゆえ、戻られてはなりませぬ」

虎丸は首を横に振る。

「それより、蓮見家のことは知っとるか」

「はい」

五郎兵衛は一瞬だけ、とまどう顔をした。

見逃さぬ虎丸は、正直な気持ちを知りたくて訊いた。

「どう思うた。竹内は、何かよったか《言っていたか》」

二人とも居住まいを正して、迷いのない目を向けてきた。

五郎兵衛が言う。

「我らは元より覚悟の上です。大事なのは若殿のお気持ち。蓮見家にくだされた罰をお知りになり、どう思われましたか。もしも、これ以上はできぬとお思いならば、遠慮なさらずおっしゃってください。我らは潔く、公儀に申し出ます」

　虎丸は、ふっと息を吐いた。

「そう言うと思よったよ。乗った船は沈めん言うたじゃろ。いやならこうして帰ってきゃぁせん。判太郎が、公儀から呼び出しがきとるゆうて教えてくれたけ、帰ってきた。将軍から褒美をもらうゆん《というの》は、ほんまか」

「まことのことです」

「それはそれで、登城せにゃいけんけ困ったの」

「お言葉に気を付けていただかなければ船が沈んでしまいますぞ」

五郎兵衛に言われて、虎丸は苦笑いをした。

「すまん。顔を見たらつい、気がゆるんでしもうた」

両手で顔をたたいて気持ちを引き締めた。

「五郎兵衛、伝八、わたしは治療をしながら、毒のことを解決する手を考えていた。登城する前に、正体を暴くぞ」

伝八が身を乗り出す。

「どのようになさるおつもりですか」

「家の者を疑うのは悲しいが、どう考えても、湯が怪しい」

伝八は、期待が外れたような顔をした。

「湯ですか。調べましたが、毒は入っておりませぬ」

「そのことだが、わたしが湯殿に行く姿をどこかで見ていたかもしれない。相手も用心しているだろうから、竹内の罠《わな》を疑って動かなかったかもしれないぞ」

「それは、考えられなくもないですが」

半信半疑の伝八に、五郎兵衛が続く。

「湯殿に渡る廊下は裏庭と、見ようと思えば家臣が暮らす長屋からうかがうことができますから、六左たちが見張っております。曲者《くせもの》が潜んでおれば、分からぬはずはないのですが」

「だがわたしは、湯殿に渡る際に何人か姿を見ている。誰なのかは覚えておらぬが、裏庭を通っていた。その中にいたとすれば、急に見張りが厳しくなったことで、気付かれたと思い警戒した、とは考えられないか」

五郎兵衛と伝八は顔を見合わせ、伝八が言う。

「つまり、我らが調べようとした時は、若殿が湯殿に入っておられぬことを知り、毒を入れなかったということですか」

虎丸はうなずいた。

「その答えは、明日分かる」

「御家老が、なんと言われますか」

「竹内には明日わたしが話す。今夜は寝よう」

「では、お着替えを」

伝八が支度をしてくれ、虎丸は布団に入った。

「やはり若殿がおられる寝所は、暖かい気がします」

五郎兵衛は嬉しそうに言い、伝八と共に控えの間に下がった。

廊下を見張る気配がある中、虎丸は目をつむり、いつの間にか眠った。

翌日、竹内の許しを得た虎丸は、夕暮れ時に調えられた湯殿に渡った。

控えていたお静と久美が、久々に見る虎丸に明るい顔をして世話をしてくれ、

「丁度良い湯加減でございます」

久美がにこやかに言い、いつものように、虎丸が裸になる前には脱衣場から出ていった。

一人になったところで一応肌着を脱ぎ、中に入って湯船に近づくと、薄茶の湯を見つめた。薬草の香りは前と変わらず良い匂いだ。これのどこに、毒気があるのだろうか。

そう思いながら手桶《ておけ》を取って湯をすくい、あたかも湯を使う音を響かせた。

寒い中、湯に浸《つ》からずしゃがんで時間を潰していると、格子窓越しに声がかかった。

「若殿様、お湯加減はいかがですか」

湯を沸かしている下男の藤吉が訊くのも、いつもと同じ。

背が低い藤吉は格子窓に頭が届かず、中を見ることはない。

「丁度良いから、もう下がって休め」

「はい。ではそうさせていただきます。ごゆっくりどうぞ」

これもいつものやりとりだった。

虎丸は、六左が作って渡してくれていた細くて小さな竹筒を手にして、湯船に浸けた。泡が出なくなったところで上げ、栓をする。

脱衣場に出ると浴衣《ゆかた》を着け、懐に竹筒を忍ばせた。

外に出ると、座って待っていたお静と久美が頭を下げて見送り、片付けに入っていった。

寝所に戻ると、湯殿の周囲を見張っていた五郎兵衛と伝八が遅れて入ってきた。

竹内と六左も戻り、五人で車座になる。

「いかがでございました」

真顔で訊く竹内に、虎丸は懐から、竹筒を出して渡した。

「何も変わりはない。匂いもいつもと同じだ」

「よろしゅうございます」

竹内は伝八に竹筒を渡し、すぐに調べるよう命じる。

応じた伝八は、自分の長屋に戻った。毒見役でもある伝八の家には、毒を調べる物などが揃えられているのだ。

毒殺をしようとすれば、虎丸が口に入れる物に混ぜるのがもっとも効くやりかただが、伝八のように、毒見をする者をかい潜るのは難しい。そこで薬湯に目をつけたに違いない。

虎丸が睨んだとおり湯に毒が入れられているなら、これで分かるはず。

皆は沈黙し、伝八の帰りを待った。

半刻《はんとき》(約一時間)が過ぎ、一刻が過ぎようかという時に、伝八が廊下の障子を開けた。浮かぬ顔で頭を下げて中に入り、車座に加わった。

「出たか」

訊く竹内に、伝八は頭《かぶり》を振る。

「わたしが持っている物にひっかかる毒は、出てきませんでした」

虎丸は、竹筒を受け取って匂いを嗅《か》ぎ、首をかしげる。

「前に入りょったんと、何が違うんかのう」

思わず出た芸州弁に、竹内が鋭い目を向ける。

気付いた虎丸は、

「すまん」

すぐさま、言葉づかいに気を付けて言う。

「警戒しているか、様子を見たか、あるいは、湯を使うことに気付いていなかったか。屋敷には、皆揃っていたのか」

すると竹内は、眼差《まなざ》しを下げた。

「外に出ている者もおりますので、確かに若殿がおっしゃるとおり、湯を使われることに気付いていないかもしれませぬ」

「外から曲者が忍び込んでいるというのはないか」

竹内が目を見てきた。

「あくまで、家中の者ではないと」

虎丸はうなずく。

「そうあってほしいが、甘い考えか」

聞いていた五郎兵衛が言う。

「出かけていた者を調べれば、分かりましょう」

竹内が真顔を向けた。

「たとえいたとしても、訊いたところで白状するとは思えぬ。こちらが気付いていると知ってあきらめるならよいが、狙う手段を変えられれば、面倒なことになる」

竹内の考えに、五郎兵衛はうなずいた。

竹内は続ける。

「若殿が湯を使われた日は、必ずと言えるほど体調を崩された。湯に毒が入れられていたことは疑いの余地がない。怪しい者が湯殿に近づいていない今日は、湯に毒が入っていなかった。湯殿に若殿が行かれる姿を見れば、罪人は必ず動くはずだ。近づいたところを捕らえて毒を取り上げれば、言いわけはできぬ」

虎丸は竹内に賛同し、意見を求めた。

「どうやって、皆に湯を使うことを知らせるかだな」

「用を作って家臣たちを広間に集めたところで、若殿が湯を使われることを藤吉に告げましょう。刻限を定め、若殿が渡られる姿を見せるのです。相手に悟られぬよう、我らは隠れて見張ります」

「それがいい」

「命がけになりますぞ」

心配する五郎兵衛に、虎丸は笑みで応じた。

「湯に浸かるわけではないゆえ、大丈夫だ。ことは明日だ。今日は休もう」

「はは」

竹内は応じて下がり、五郎兵衛も自分の長屋に帰った。

伝八と六左は、寝所の控えの間に入って虎丸を守ることになっている。有明行灯に火を灯した伝八は、虎丸が布団に入るのを見届けて蠟燭《ろうそく》の火を消し、おやすみなさいと言って出ようとした。

「伝八」

虎丸が声をかけると、そばに来て片膝をつく。

「いかがなさいました」

「毒が入っていなかったのは、命を狙う者が攻める手を変えたからかもしれぬ。念のために、わたしの刀を手元に置いておきたいのだが」

ほの暗い有明行灯のせいで伝八の表情はよく見えないが、黙って部屋から出ていった。

起きて座っていると、伝八は程なく戻り、大小の刀を差し出した。

「若殿の小太刀《こだち》でございます」

大刀の鞘《さや》に芸州正高《げいしゅうまさたか》の小太刀を仕込んだ物を受け取った虎丸は、枕元に置いて横になった。

伝八が言う。

「我らがお守りしますので、気になさらずお休みください」

先ほど何も言わず立ち去ったのは、信用されていないと思い不快だったのか。

「毒など使わんこうに、襲《ないで》うて来てくれんかのう。そのほうが楽じゃ」

「若殿、またそのようなことを」

虎丸は笑い、頼む、と言って横になった。伝八が出ていき、静かな部屋の中で天井を見ているうちに、いつの間にか眠った。


尾道の亀婆が岸辺で何か言っているが、船の舳先《へさき》に立つ虎丸には聞こえない。大声で訊き返そうとしても、自分の声が思うように出せない。

「若殿、若殿」

身体を揺すられ、呼ぶ声で目をさました虎丸は、夢だったことに気付いて、起こしてくれた五郎兵衛に顔を向けた。

「もう朝か」

「日はとうに上がっております。朝餉《あさげ》の支度が調いましたので、お顔を洗ってください」

湯を入れた漆塗りの桶が置かれた台に向かうために起き、立ち上がった刹那《せつな》に目まいに襲われ、たまらず片膝をついた。

驚いた五郎兵衛が手を伸ばして支えた。

「若殿、ご気分が悪いのですか」

「目まいがしたが、もう大丈夫」

言ったものの、身体がだるい。

「前と同じような気がする」

そう訴えると、五郎兵衛は息を呑《の》んだ。

「すぐ横になってください。御家老をお呼びします」

「その前に、毒消しを飲ませてくれ。昨日着て帰った着物の袂《たもと》に入れてある」

「お待ちを」

五郎兵衛は寝所から出ると、伝八を連れて戻ってきた。伝八の手には、一包の薬を入れた袋がある。

取り出した伝八は、紙の包みを開いて渡し、新しい水です、と言って湯飲みを持たせてくれた。

薬を飲んだものの、すぐ楽になるわけではない。

長い息を吐いて布団に横になり、気付けば竹内がのぞき込んでいた。

「いつの間に来た」

「一刻前です」

「もうそんなに」

一包は、よりきつい薬を持たせていたのだろうか。眠気がきたことさえ覚えていないが、身体は嘘のように楽になっている。

いつも真顔の竹内が、安堵を浮かべて言う。

「顔色は良いですが、ご気分はいかがですか」

「薬が効いたようだ」

起き上がると、控えていた五郎兵衛と伝八が喜び、そばに来た。

虎丸は、皆に言う。

「風呂の湯に毒は入っていなかったはず。どういうことだろうか」

竹内は真顔で言う。

「六左が申しますには、寝所に近づいた者はおりませぬ。ですが、命を狙う者がいることは確か。伝八にも分からぬ新たな毒を、湯に入れられた恐れがあります」

「そう思うか」

虎丸が竹内と伝八を見た。

五郎兵衛が言う。

「御家老、今はまだ危のうございます」

竹内はうなずき、次の間に顔を向けた。

「六左、若殿を鯉姫のところへお連れしろ」

「はは」

控えていた六左が、そばに来た。

虎丸は竹内に言う。

「登城はどうするのだ」

「ご心配なく。病がぶり返したことにいたし、日延べを許されています。ひと月の猶予がありますから、それまでになんとか見つけ出します」

「わたしも手伝う」

「なりませぬ」

語尾を強める竹内は、残ることを許さぬ様子。

命を落とせば葉月家が終わる。

自分のことより皆のことを思う虎丸は、素直に従い、昨日使った竹筒を持って密《ひそ》かに屋敷を出た。

三

一包の家に着いた虎丸は、大きな息を吐いた。

「若殿、あと少しです」

六左が励まして歩かせ、戸口から声をかけた。

「お頼みします！」

応じて奥から出てきた鯉姫が、虎丸の顔を見るなり駆け寄った。

「どしたん、しんどいん」

虎丸は無理に笑顔を作って見せたものの、上がり框《がまち》に突っ伏した。

「ちょっと！」

手を差し伸べて起こそうとした鯉姫が、はっとして虎丸の身体を匂った。うなじを嗅いで、剣呑《けんのん》そうな顔を六左に向ける。

「また毒にやられたんね」

「すみません。若殿を頼みます」

頭を下げ、家来の六左だと名乗って虎丸に手を貸した。

「たいしたことはない」

虎丸はだるいのを我慢して、奥へと歩んだ。町の老婆を診ていた一包のところに行くと、後から入った鯉姫が言う。

「先生、またやられたんじゃと」

一包は険しい顔をする。

「薬は」

「飲んだ」

虎丸が言うと、一包はうなずき、老婆の診療が終わるまで寝て待っていろと言い、診台を示した。

空いている診台で仰向《あおむ》けになって待っていると、老婆を帰した一包が来て、身体の臭いを嗅いだ。

「また薬湯に浸かったのか」

「いや、浸かってはいない。命を狙う者を捕まえようと思い、湯殿に入って湯を使ったふりをしただけで、その湯にも、毒は入ってはいなかった。どうしてこうなるのか分からぬから、念のために、昨日の湯を持ってきた。先生、調べてくれ」

袂に入れていた小さな竹筒を出して見せると、一包は受け取り、栓を開けて皿に出した。匂いを確かめる一包に、鯉姫が訊く。

「入っとる?」

「いや、この匂いではない」

そう言った一包は、皿を鯉姫に渡して、虎丸の身体を嗅いだ。険しい顔で考え、虎丸を見てきた。

「身体からは毒の匂いがする。ほんとうに、湯に浸かっていないのか」

「指先が湯に触れはした」

虎丸は指を嗅ぐが、前にしていたような薬湯の匂いはしない。

鯉姫が虎丸の手を取って袖をまくり上げ、腕を嗅いだ。続いて身体を嗅ぎながら首筋まできたところで顔を上げ、付き添っている六左を招いた。

「ここなら分かるけん、嗅いでみんさい」

六左が歩み寄り、鯉姫が示す首筋に鼻を近づけた。

「怪しい匂いはしませんが」

いぶかしむ六左に、一包が言う。

「分からぬようだが、確かに毒の匂いがするのだ。毒草があれば作って嗅がせてやるのだが、江戸では手に入らない」

六左が訊く。

「何が使われたか存じておられるのか」

「わたしの記憶が正しければ、熊殺草《くまごろしそう》だ。その名のとおり、熊も殺すほど猛毒の草で、人は肌に触れただけで皮膚がただれる。草には独特の匂いがあるので知る者は決して触れぬが、山菜と誤って食せば、激しい目まいと嘔吐《おうと》を繰り返し、死んでしまう。虎丸の肌に染み付いている匂いからして、量は少ない。だが、このまま肌から染み込み続ければ、臓腑《ぞうふ》が毒に冒され、間違いなく死ぬ」

虎丸はごくりと喉を鳴らし、鯉姫を見上げた。

「江戸で手に入らぬ物の匂いが、どうして分かるのだ」

「先生に教えてもろうたけぇよ。どうゆうたらええんかね。なんかこう、甘いような、すいいような感じよね」

「すいい？」

不思議そうな顔をする六左に、虎丸がすっぱいと言いたいのだ、と教えた。

「なるほど。ご無礼を」

六左はそう言ってもう一度虎丸の首筋を嗅ぎ、神妙な顔をした。

「やはり、分かりません」

一包と鯉姫は、人並み外れて匂いに敏感なのだと、虎丸はこの時思った。

鯉姫がふたたび身体中を嗅ぐ。

「前はなかったけど、今日は髪の毛にも匂いがある。どこで盛られたか、ほんまに分からんのん」

「分からぬ」

虎丸は頭を悩ませ、六左も思いつかないと言う。

一包が渋い顔をする。

「その様子からすると、前よりも毒を強くしたのかもしれない。とにかく今は、毒を抜くことが先だ。吐き気は」

「少しだけある」

「では、奥で横になっていなさい。明日からまた、毒抜きだ」

「先生。どうか若殿を頼みます」

六左は頭を下げ、虎丸に言う。

「かならず捕らえますから、ここでしっかり治してください。登城のことはご心配なく。間に合わなければ、ここからでも行けますから」

「そうか。その手があったか」

六左は神妙にうなずく。

「では、わたしは屋敷に戻ります」

「くれぐれも、気を付けてくれ」

「はは」

六左は帰っていった。

薬を飲んでいても、次第に毒気が勝る気がする虎丸は、身体のだるさが増し、起き上がるのもおっくうになっていた。

奥の部屋に布団を敷いて戻った鯉姫の手を借りて起き上がり、なんとか行くと、崩れ伏すように布団に横たわった。

何も食べる気がしなく、水だけ飲んだ。気付けば部屋は薄暗くなっていた。いつの間にか眠ったらしく、時が過ぎて日が暮れていたのだ。

程なく、鯉姫がお粥《かゆ》を持って来てくれた。

「ちいとでも食べんと、毒に負けてしまうよ」

「少し気分がよくなったから、いただこう」

「ここにおる時ぐらい、その武家言葉はやめんさい」

虎丸は笑い、鯉姫がよそってくれた粥を食べた。

「旨《うま》い」

「良かったね。しっかり食べて」

「うん」

二杯ほど食べて腹を満たし、薬を飲んで横になった。

「ゆっくり眠《ね》んさいね」

鯉姫はそう言って、有明行灯に火を灯して部屋から出ていった。

眠れない虎丸は、ほの暗い中で天井を見つめて考えた。

いったい誰が、どうやって毒を盛っているのか。

思い当たる者もおらず、考えてもさっぱり分からぬ。

虎丸は寝返りをして、行灯に背を向けて考えたが、そのうちにあくびが出た。

薬のせいでうとうとしているうちに、暗くなってきた。行灯の火が小さくなったのだ。

油が切れたのだろうと思ったが、暗いほうが眠れそうなのでそのままにした。そのうちに、鼻をつく匂いがしてきた。懐かしい匂いだ。

ここで使っているのは魚油。菜種油を使う上屋敷の寝所とは違う懐かしい匂いで、虎丸は尾道のことを思い出した。

（亀婆が、菜種油は贅沢だと言って魚油を使っていたな。消えたら懐かしい匂いがせんようになる）

そう思った虎丸は、油を足すため起き上がり、四つん這《ば》いで近づいた。紙が黄ばんだ有明行灯の障子を開け、下に置いてある油瓶《あぶらびん》を持って火皿に足そうとしたのだが、手を止めて火を見つめた。灯心が短くなっていることに気付き、先に伸ばそうと思い心をつまんだ時、火から黒い煙が出て、虎丸の顔に向かって流れてきた。

よりきつい魚油の匂いを嗅がされた虎丸は、

「これか」

そう独りごちて立ち上がった。

そろりと廊下に出て、裏手にある一包の部屋に行くと、夜中だというのにまだ明かりが灯っていた。

「先生、虎丸だ。聞いてもらいたいことがある」

「どうぞ」

障子を開けると、一包は書物を閉じて顔を向けた。

中に入って障子を閉め、一包の前に正座した虎丸は、自分の考えを伝えた。

「どう思う」

聞きながら腕組みをして考えていた一包は、渋い顔を上げて、虎丸を見てきた。

「言われてみれば、できないことではない。だが、見張りがいる中で、どうやって仕込んだか」

「それを確かめに戻る」

一包は驚いた。

「それはだめだ。危ないからやめなさい」

「大丈夫だ。世話になった」

「待ちなさい。鯉姫に黙って行く気かね」

「鯉姫も翔もう寝とるけ、起こしとうない。よろしく言っといてくれ」

「だめだ。行かせたと知ったらわたしが叱られる」

虎丸は笑った。

「確かに、それじゃ先生に迷惑だな。分かった」

頭を下げて部屋を出た虎丸は、暗い廊下を歩き、台所に近いところにある鯉姫の部屋へ行った。廊下を挟んだ向かいの部屋に翔が寝ているため、空き部屋の六畳間に入って鯉姫の部屋に近づき、声をかけないで襖を開けた。

「おい、おい」

小声で呼んだが、鯉姫は返事をしない。薄暗いので顔はよく見えないが、布団はこんもりしているので眠っているのだろう。

そっと入り、肩を揺すろうとした手をいきなりつかまれ、声をかける間もなく手首をひねられた。痛みに耐えられず仰向けに倒れた虎丸の首に、鯉姫は剃刀《かみそり》を当てて睨む。

「待て、わしじゃ」

「知っとるよ。うちに夜這いとはええ度胸しとるね」

「馬鹿、するわけなかろうが。これから屋敷に帰る。いろいろ世話になったけ、ゆうときたかったんじゃ」

鯉姫は剃刀を引かず、睨んだままだ。

「次は死ぬよ。先生がそうよっちゃったけ《言ってたから》嘘じゃない」

「まあ聞いてくれ。毒を盛った者を捕まえに帰るんじゃけ、死にゃぁせん」

「どういうことね」

「毒をどこで盛られたか分かった気がする」

「気がする……。外れとったら殺されるけ、家来に伝えて捕まえさせんさい」

「たぶん、それじゃだめじゃ。わしの姿を見にゃ動かんはずじゃけ」

鯉姫は目をそらして考える顔をした。

虎丸が腕をつかもうとすると、

「動くな」

鯉姫は剃刀を持った手の甲を首に押し付けた。そして顔を近づけ、目を見てきた。

「人が心配しちゃりょうる《してやっている》のに、あんたはほんまにお人好《よ》しじゃね。付き合い切れんわ」

剃刀を引き、背を向ける。

「好きにしんさい」

起き上がった虎丸は、鯉姫に頭を下げた。

「すまん。世話になった」

行こうとした虎丸の袖をつかんだ鯉姫が、

「まだ毒が抜けとらんけ、送って行く。着替えるけ向こうを向いとって」

そう言うと出口を塞《ふさ》ぐように立ち、帯を解いた。浴衣の前が開いて肌が見えたので、虎丸は慌てて背を向けた。これでは出ていこうにも動けない。

着替える鯉姫は一言もしゃべらず、怒っているのが伝わってきた。

助けた命を粗末にすると思い怒っているのだろうが、このままでは身代わりの役目を果たせぬのだと自分に言い聞かせた。

「ええよ」

言われて振り向くと、小袖姿の鯉姫は背を向けて障子を開けた。

翔が廊下に出てきて、どこに行くのか訊いたが、鯉姫は何も言わずに外へ出た。

鯉姫の部屋から出た虎丸に、翔は驚いた顔をした。

「何をした」

「なんもしとらん。屋敷へ帰る言うたら怒った」

「帰る！　そりゃ怒るに決まってるさ」

「翔、いらんこと言うな」

戻った鯉姫に言われて、翔は口を閉ざした。

鯉姫が虎丸を見る。

「帰るんじゃろう」

「おう。今行く」

虎丸は翔を見て、世話になったと言って頭を下げ、家から出た。

朝が早い者たちが道を往来し、中でも行商たちは、忙しそうにしている。そんな道を歩きながら、虎丸が話しかけても鯉姫はしゃべろうとせず、それでいて、ふらついた時のために腕を放そうとはしない。

屋敷に着いた時には、空が明るくなりはじめていた。

見上げた虎丸は、鯉姫に顔を向けた。

「ここでええ。ありがとの」

腕から手を放した鯉姫は、巾着《きんちゃく》袋を押しつけた。

「中に薬が入っとる。前にも言うたけど、死んだら許さんけ」

そう言って帰る鯉姫に、虎丸は頭を下げた。

四

「行灯ですと！」

驚く五郎兵衛に、虎丸はうなずく。寝所に集まっている竹内、伝八、六左の三人は、車座に加わっている虎丸を見つめたまま何も言わず、次の言葉を待っている。

虎丸は皆の顔を見て、考えを伝えた。

「そうとしか思えない。一包先生に聞いてもらったところ、ありうると言っていた。行灯の油が怪しい」

伝八が有明行灯を持ってきた。

夜は蠟燭を灯火としているが、寝る時はこの有明行灯をほぼ夜通し灯している。夕べも虎丸不在のまま灯していたと教えた伝八が、行灯の囲いを取り、油皿を取り出した。

虎丸は、白い磁器皿に残っている菜種油の匂いを嗅いでみようとしたが、竹内に止められた。

嗅いだ伝八に、虎丸が訊く。

「甘酸っぱい香りがするか」

「いやぁ、それがしには分かりません。長屋に持ち帰って調べてみますから、半日ください」

そう言うと納戸から木箱を持ち出し、皿と油瓶を入れて自分の長屋に下がった。

竹内が虎丸に言う。

「結果が出るまで、若殿は横になっていてください。顔色が優れませぬ」

「分かった」

少々吐き気がしていた虎丸は素直に従い、敷かれたままになっている布団に行こうとしたが、五郎兵衛が止めた。

「夕べも夜通し行灯を灯していましたから、布団に毒が染み込んでいるはずです。すぐに取り替えますのでお待ちを」

「そうであった」

珍しくうっかりしていたと言う竹内は、疲れたような顔をしている。

油に毒が入っていれば、命を狙う者に一歩近づける。

そう思った虎丸は、五郎兵衛と六左が調えてくれた布団で横になり、身体を休めた。

五郎兵衛が竹内に言う。

「もしも若殿が睨まれたとおり行灯の油に毒が仕込まれていたとして、一晩で気分が悪くなるものでしょうか」

竹内は真顔で答えた。

「いつから毒を盛られていたか分からぬのだ。じわじわと染み込んでいたとすると、少しでも毒の空気を吸われただけでも、身体にこたえるのではないか。それに、戻られた夜にも油に毒が入っていたなら、二日ほど毒気を吸われている」

虎丸は聞きながら、次は死ぬと言った鯉姫のことを思い出し、不安にかられた。

「もしも読みが外れていれば、ここから出るしかない」

虎丸が言うと、竹内と五郎兵衛が顔を向け、揃ってうなずいた。

伝八が戻ってきたのは、昼を過ぎた頃だ。二刻(約四時間)ほど過ぎているだろうか。

様子を見に行かせていた六左に腰の帯をつかまれ支えられた姿を見た竹内が、真顔で問う。

「辛《つら》そうな様子を、誰かに見られたか」

六左が伝八を入れて障子を閉め、竹内に言う。

「ここに来られるまで、耐えておられました」

「そうか」

竹内は伝八に顔を向けた。

伝八は辛そうな顔で座り、大きな息を吐いた。

虎丸は巾着から薬を出し、枕元に置かれている水を持って次の間に出て言う。

「毒があったのだな」

「はい。僅《わず》かですが、毒気を感じます」

胸を押さえる伝八に、虎丸は薬を飲ませた。

六左から話を聞けば、伝八は火の真上で口を開けていたらしく、そのせいで、虎丸よりも早く毒に冒されたのだ。

水を飲んで咳《せ》き込む伝八の背中をさすってやった虎丸は、落ち着いたところで、顔を匂った。

「一包が言う甘酸っぱい匂いとは、このことか」

虎丸にはよく分からなかったが、続いて嗅いだ竹内が、虎丸を見てうなずいた。

「確かに、匂いがします」

すると伝八は、虎丸に両手をついた。

「毒見のそれがしが気付かなかったことは、末代までの不覚。申しわけございませぬ」

今にも泣きそうな顔をしている。

虎丸は肩をたたき、

「気にするな。まさかこのような形で毒を盛ろうとは、誰も思わない。食べ物に毒を入れると思うのが、常であろう。なあ、竹内」

竹内はうなずき、決して伝八を責めなかった。そして、虎丸に言う。

「これで、命を狙う者に一歩近づけました。怪しいのは、行灯の油を支度している者」

「誰だ」

「その者の名は、新田《にった》一之真《いちのしん》」

名を聞いた五郎兵衛が、戸惑う顔をしている。

気付いた虎丸は、言いたいことがあれば言うよう促した。

「それがしは、信じられませぬ」

五郎兵衛はそう言った。

虎丸は大広間でその者を見ているはずだが、顔が浮かんでこない。

「わたしは新田一之真の顔が思い出せない。どのような男だ」

「歳は若殿に近い二十歳でございます。元服して間もない頃に父親を亡くし、今は母と二人で暮らす孝行者。勤勉で真面目。非番以外に休んだことのない忠臣でございます」

教えてくれた五郎兵衛に、竹内が真顔を向ける。

「新田一之真は昨日、非番だったのか」

「いえ、それは……」

「油の支度をしたのは、新田一之真だな」

「はい」

「では問いただす」

竹内は立とうとしたが、虎丸が止めた。

「新田一之真が油に毒を入れている証《あかし》はない。それに、親孝行者が、主家を失いかねぬことをするだろうか。もしそうだとすれば、よほどのことがあるはず。わたしは今の話を聞いて、身代わりがばれているのではないかと心配になった」

竹内は首を横に振る。

「ばれていることはあり得ませぬ」

「どうしてそう言い切れる」

「万が一そうであれば、黙ってはいないはず。新田一之真は、そういう男です」

「ならば、毒のことが潔白だった場合はまずいのではないか。真面目な者ほど傷つく」

「それがしもさように思います」

遠慮がちに言う五郎兵衛に、竹内は問う。

「では、どうやって調べる」

五郎兵衛は考えたが、すぐに妙案は出ないようだ。

虎丸がかわって疑問をぶつけた。

「五郎兵衛、この部屋の油瓶は、他と分けられているのか」

「はい」

「では、必ず毒を混ぜる時がある。そこを押さえれば、言い逃れはできない。わたしは毒を盛るところを捕まえるつもりで帰ってきた。竹内、これではだめか」

「よろしいでしょう。六左」

「はっ」

「気付かれぬよう、新田一之真の身辺を探れ」

「承知しました」

「今日よりは、新田一之真が支度した油を使わぬように。ただし悟られぬよう、支度される油瓶はいつものように持ってくること。必ず捕らえる。よいな」

五郎兵衛と伝八は竹内にうなずき、虎丸は伝八の身を案じて、無理をするなと言った。

すると伝八は、神妙な顔で居住まいを正した。

「大丈夫です。薬のおかげでずいぶん楽になりました。されど、毒を浴びて知りました。若殿はよほどお辛かったはず。もう二度と、同じ目には遭わせませぬ」

平身低頭する伝八に、虎丸は笑顔でうなずいた。そして、六左を近くに呼び、新田一之真のことで一言付け加えた。


監視の目が付いたことを知らぬ新田一之真は、蔵方の仕事に励み、夕方になると、定められた場所に戻されている行灯用の油瓶を取りに行って戻り、ひと瓶ずつ丁寧に注ぎ足した。

あるじ定光の寝所用の、白い陶器で注ぎ口が細い油瓶は、他の物と同じ油壺《つぼ》から取ったものを注ぎ、少しの汚れもなきよう布で拭いている。

仕事熱心な姿を隠れて見ていた六左は、一之真が支度した油瓶を伝八が取りに来るまで監視をゆるめなかったのだが、

「何一つ、怪しい動きはございませぬ」

伝八の後を追って寝所に戻り、待っていた竹内たちに告げた。

当然今も、配下に一之真を見張らせている。

腕組みをして考えた竹内が、程なく虎丸に真顔を向ける。

「若殿、風呂にお入りいただきます」

「分かった」

竹内は伝八に、湯の支度を命じた。

夕暮れ時には、湯殿の支度が調った。

湯に毒は混ぜられていないはず。そこで虎丸は、毒気を抜くために汗をかきたいと言い、この日は薬湯に浸かった。

久々の薬湯はさぞかし気持ちよく、こころが落ち着くだろうと思っていたが、外のことが気になるばかりで落ち着かない。

こうしているあいだも六左と配下の者たちは、一之真を見張っているのだ。

その一之真が動いたのは、程なくのことだ。

蔵方の御用部屋は、湯殿に近いところにある。格子窓から外を見ていた一之真は、部屋から出ると廊下を急ぎ、湯殿の警固のため誰もいなくなった虎丸の寝所に忍び込み、有明行灯の油瓶を交換した。

天井裏に潜む者がいようとは思いもしないのだろう。一之真は慣れた様子でことを終えると、寝所から去った。

風呂から上がった虎丸が、警固をする五郎兵衛と伝八を従えて寝所に戻ると、六左が待っていた。遅れて竹内が来たところで車座になり、六左が油瓶を皆の前に置いた。

「配下の者が申しますには、これと取り替えられたそうです」

寝所用の油瓶とまったく同じ物だ。

「やはり、そうであったか」

五郎兵衛が落胆し、竹内が筋を読む。

「これまで若殿が湯殿にいる時は、五郎兵衛と伝八、そして六左たちは、人を近づけぬためにそちらの見張りに力を入れていた。そのため、寝所は空になっていた。一之真はその隙に油瓶を交換していたのだ」

伝八が疑問をぶつけた。

「しかし昨夜は、若殿が湯殿に行かれていないにもかかわらず、油に毒が入っていました」

すると、五郎兵衛が言った。

「その答えは明白だ。昨日は油がまだ半分ほどあったので、油瓶を返さなかった」

竹内が真顔を向ける。

「つまり、若殿が湯殿に入られた夜と同じ油だったというわけだな」

五郎兵衛はうなずいた。

「さようです」

「調べてきます」

油瓶に手を差し出す伝八を、竹内は止めた。

「取り替えたのだから、罪は明白。ただちに捕らえて、誰の差し金か厳しく問う」

「いや、待て」

またも止める虎丸に、竹内は厳しい目を向ける。

「何ゆえ止めるのです」

「どうしてあるじの命を狙うと思う」

「捕らえて訊けば白状しましょう」

「あるじが死ねば家が潰れると分かっていて殺そうとするのは、よほどのことだ。誰かに脅されてしたことなら、言わないのではないか。そこを確かめるために、身辺を探ったらどうだ」

竹内は虎丸を見つめて聞いていたが、目を下げた。

「確かに、おっしゃるとおりかと。六左、探ってくれ」

「この油は、わたしが預かる」

「承知しました」

竹内は油瓶を引き取り、虎丸に顔を向けた。

「怪しまれますので、これよりはいつものようにお過ごしください。屋敷内に命を狙う者がいることをお忘れなく。くれぐれも、油断されませぬように」

「分かった」

竹内は立ち上がり、自分の部屋に下がった。

その夜はさすがに不安だったが、それまで通り有明行灯を灯さないわけにはいかない。伝八が支度した油はむろん毒は入っておらず、翌朝目をさました虎丸の身体に異変はなかった。

だが、毒を浴びているふりをするため、体調がすぐれぬことを家中に伝える必要がある。となると部屋から出ることを許されず、長い一日がはじまった。

新田一之真を調べていた六左が報告に現れたのは、夕暮れ時だった。

皆で車座になり、竹内が促すと、六左は口を開いた。

それによると、今日が非番だった新田一之真は、母親の薬を求めに行くことを上役に告げ、昼前に屋敷から出かけた。

一之真は確かに町の医者を訪ねて薬を受け取ったのだが、真っ直ぐ帰らず不忍池《しのばずのいけ》に足を延ばし、松月《しょうげつ》という茶屋に入った。

跡をつけていた六左は、そこが出合茶屋であることを知っていたらしく、どこぞの女と遊ぶのかと思い気が引けたのだが、これも役目と割り切り、忍び込んだ。

ところが、一之真が部屋を共にしていたのは女ではなく、三十代の侍。六左が知らぬ侍と二人で会い、出された酒を飲むでもなく、真剣な顔で話していたのだ。

六左が潜むところに声は聞こえてこなかったが、毒と思われる紙包みをいくつか受け取るのを見ていた。そして、毒を渡した男の跡をつけたのだが、気付かれたのか、途中で見失ってしまい、悔しい思いで帰ってきたのだ。

話を聞いた虎丸は、竹内たちを見た。皆、暗い顔をしている。

葉月家の家臣は、竹内の下で一枚岩だと思っていた虎丸は、不安にかられ、動揺した。

「やっぱり、身代わりを疑われたんじゃないんかの。もしかしたら、ばれとるかもしれん」

「若殿、芸州弁が出ています。落ち着いて、息を吸って吐いてください」

伝八に言われて、虎丸は言われるまま深呼吸をした。目をつぶって気持ちを落ち着かせ、竹内に言う。

「一晩中考えていたのだが、新田一之真は親孝行の優しい男だ。わたしのことを騒ぎにすれば公儀に伝わると案じて、毒殺しようと思うたのではないだろうか。そうすれば、家はなくなるが、ここにいるみんながお咎《とが》めを受けることはない」

竹内は思案顔をした。

五郎兵衛が慌てた。

「一之真に会い、真意を確かめまする」

「御家老、騒げば家中に広がるのではないですか」

竹内は五郎兵衛を見て言う。

「若殿がおっしゃるとおり、身代わりを疑っての行動であれば、説得してこちらに引き入れる手もある。一之真ならば、分かってくれるはずだ」

「そうとは思えませぬ」

言ったのは伝八だ。

「万が一身代わりがばれているなら、あの者が若殿のお命を狙う理由は我らの身を案じてではなく、己の命可愛いさではないかと。病没で御家が絶えるのと、改易《かいえき》でなくなるのとでは、その後の生き方が変わってしまいましょうから」

竹内は伝八を見た。

「それを言うな。我らが若殿を巻き込んでまで御家を残したのは、先代を暗殺した者の思いどおりにさせぬため。家臣とその家族を守るためではないか」

「分かっています。ですが中には、我らの考えに賛同しない者もいるはず。一之真は命を取りにきていますから、安易にこちらから誘うのは危のうございます」

争う構えを見せる二人を心配した虎丸は、割って入った。

「わたしに任せてくれ」

竹内が虎丸に真顔を向ける。

「何をするおつもりか」

「思い切って、一之真と話をする。偽者とばれているか、疑っていれば、わたしに対する態度を見れば分かるはずだ。議論を交わすのは、それからでもいいのではないか」

「おお、それは妙案」

五郎兵衛は賛同したが、竹内は厳しい顔をしている。

「一之真はお命を狙う者。何をするか分かりませぬぞ」

虎丸は真剣な目を向ける。

「では、一之真が少しでも怪しい動きをした時は、その場で討ち取ります」

「気を付ける」

「本気で言っているのか」

「これも葉月家のため。存続を阻む者は、捨て置けませぬ」

竹内はとうに腹をくっている。御家を守る強い気持ちがひしひしと伝わった虎丸は、従うしかなかった。

竹内が続けて言う。

「理由がどうであれ、寝所に忍び込んだのは確か。毒を渡したのが何者かも、その場で白状させます」

「分かった」

五

一日の仕事を終えた家来たちが長屋に帰った後で、虎丸は表御殿の自室に入った。

新田一之真が五郎兵衛と共に来たのは、程なくのことだ。

羽織袴《はかま》を着けて上座に座っている虎丸は、目が合った時に一之真が見せた安堵の面持ちに、緊張がゆるんだ。

右手に座している竹内は、五郎兵衛に促されて中に入る一之真に厳しい目を向けている。

虎丸の前に正座した一之真は、平身低頭し、

「お顔色も良く、お元気そうで嬉しゅうございます」

開口一番にそう言った。

(誤魔化そうとしているのだろうか)

そう思った虎丸は声をかけようとしたが、竹内が許さない。

「そのほう、若殿の寝所に何の用があって入ったのだ」

いきなり厳しく問う竹内に、顔を上げた一之真は目を見張っている。戸惑う面持ちとなったかと思うと、その場で脇差しを抜き、自害しようとした。

考えるよりも先に身体が動いていた虎丸は、手首をつかんで止めた。

驚いたような顔をした一之真は、震えている。

虎丸は、そんな一之真の手首を強くにぎり、目を見た。

「死ぬことは許さぬ。放せ」

脇差しをにぎっている手に左手を添えると、一之真は力を抜いた。

そばに来た伝八に、奪い取った脇差しを渡した虎丸は、うつむく一之真の前に正座した。

「わたしの命を狙ったわけを、話してくれぬか」

「騙されました。申しわけございませぬ」

突っ伏した一之真は嗚咽《おえつ》した。

竹内が顔を見てきたので、虎丸はうなずき、一之真が落ち着くのを待って訊いた。

「騙されたとはどういうことだ。すべて話してくれ」

鼻水をすすった一之真は、畳に両手を揃えて頭を下げたまま、震える声でしゃべった。

「初めは、身体に良い物だからと言われて、病弱な若殿のおんためと思い、勝手を承知で薬湯に入れていました。ですが何日かして、以前にも増してご体調が優れないと同輩から聞き、お身体に合わなかったのだと焦って使うのをやめていました」

「それはいつのことだ」

虎丸が訊くと、一之真は躊躇いがちに言う。

「若殿が、湯浴みをされなくなった頃のことです」

竹内が問う。

「見張りがある中、どうやって湯に毒を混ぜた」

「湯に入れる薬草は蔵に置かれていましたので、それに混ぜました」

竹内が目を細め、一之真を見据えた。

「毒とは知らず混ぜたというのは、疑わしい」

「嘘ではございませぬ。若殿のご体調が優れぬと聞いて、薬を渡した者を問いただしましたところ、毒だと言われ……」

口を閉ざす一之真に、竹内が厳しく問う。

「言われてどうしたというのだ。隠さず申せ」

一之真は、虎丸から離れて平身低頭した。

「もはや後戻りはできぬ、裏切れば母の命はないと脅されて、行灯の油に混ぜました。申しわけございませぬ」

白状した一之真を、虎丸は哀れんだ。

「わたしの病弱が招いた不幸だ。竹内、そうであろう」

寝所に籠《こ》もるのをやめさせる良い折だと思った虎丸であるが、見透かしたような顔をした竹内は、そのことには答えず、一之真に厳しい目を向けた。

「薬湯だと嘘をついて毒を渡したのは、何者だ」

「四郎様のご家来です」

竹内は目を見張り、五郎兵衛と伝八が驚きの声をあげた。

四郎とは、亡き諸大夫定義の腹違いの兄・五色政頼《ごしきまさより》のこと。

先々代の側室が産んだ子だったが、その同じ年に正室の子である定義が生まれたため葉月家の世継ぎにされず、四郎を名乗っていた。

元服と同時に分家をさせる話が出たのだが、当時の家老だった竹内の父親が、領地を切り分けるのは御家を小さくするためよろしくないと具申し、他家への婿入りに方針転換された。そして、四郎が十七歳の時、二千石の旗本・五色家との縁談が決まったのだ。

ほぼ同じ時期に定義と四郎は家督を継いだのだが、その五年後に、両家が絶交に至る事件が起きた。当時、葉月家と五色家は領地が隣接していたのだが、欲深い四郎は、あろうことか葉月家の山の杉を勝手に伐採し、金にしたのだ。

初めは、山賊の仕業と思われていたのだが、木を盗んだ者を捕まえてみれば、四郎が雇った山師と判明したのである。

山を見廻《みまわ》っていた葉月家の家来が殺されていたこともあり、事実を知って激怒した定義は四郎に絶交状を送りつけ、公儀に厳しい処罰を願い出た。

　それが受け入れられ、五色家は葉月家と隣接する領地を没収され、これにより八百石に減封となり、今に至っている。

　竹内は珍しく感情を表に出した。

「おのれ、己がしたことを棚に上げて、今もなお葉月家を恨んでいるのか」

　五郎兵衛が身を乗り出す。

「一之真、嘘ではあるまいな」

「嘘ではございませぬ」

「では、出合茶屋で会《お》うていたのが、四郎殿の家来か」

「はい」

「名は」

「神崎《かんざき》と名乗っておりました」

　五郎兵衛は表情を曇らせた。

「聞いたことがない名じゃ。まことに、四郎殿の家来か。その者とはどこで知り合《お》うた」

「母が世話になっている町医者から出たところで、声をかけられました」

「内情を探られていたか」

勘ぐる五郎兵衛に、竹内が言う。

「四郎殿の家来と決めるのはまだ早い。葉月家を潰そうとする者の陰謀かもしれぬ」

五郎兵衛が驚いた。

「まさか、柳……」

「その名を申すな」

先代諸大夫定義を暗殺した疑いがある者の名を言おうとした五郎兵衛の口を制した竹内が、一之真に言う。

「神崎なる者と次に会うのはいつだ」

一之真は恐れているのか、答えようとしない。

「どうした。言わぬか」

「………」

虎丸は、責める竹内を横目に立ち、黙秘して平身低頭する一之真の前に行って片膝をつき、背中に手を置いた。

「母のことが心配なのであろう。だが、このままではいつまでも脅される。わたしが生きているとお前が裏切りを疑われ、結局母御の命が危なくなる。我らが必ず守る。だから教えてくれ」

一之真は顔を上げずに言う。

「お言葉ですが、病弱の若殿に、何ができるのですか」

「おい、無礼を申すな」

怒る五郎兵衛を、虎丸は黙らせた。そして、一之真を見た。

「わたしは、毒を盛られてもこのとおり生きている。確かに身体のことで心配をかけた。そのせいでそなたをあるじ殺しにさせるところだった。許せ」

一之真は、顔を上げようとしない。

虎丸は、強い決意を声に出した。

「わたしは、この家を誰にも潰させぬ。家来もその家族も、路頭に迷わすようなことはせぬ。頼む一之真、毒を渡す者のところへ連れて行ってくれ」

一之真はようやく顔を上げた。

虎丸が微笑むと、戸惑ったように目を泳がせたが、すぐに目を合わせてきた。

「三日後に同じ茶屋で会い、若殿の様子を伝えることになっています」

「よう教えてくれた」

虎丸が言うと、竹内が訊く。

「こたびのことを、母御は知っているのか」

一之真は竹内を見た。

「このようなこと、言えるはずもございませぬ」

「確か、下働きの男が一人いたな」

「太吉《たきち》も、知りませぬ」

「町医者に行く際、下男を供にしていないのか」

「はい。母が声をかけた時におりませぬと、不安にさせてしまいますもので」

「あい分かった。今日は下がってよい。沙汰は、ことが終わり次第くだす。が、これからの働き次第では、若殿のお慈悲があると知れ。三日後までは、非番といたす」

「はは」

寛大ともいえる竹内の言葉を受けた一之真は、虎丸に平身低頭し、長屋に帰った。

それから二日間、一之真を六左の配下に見張らせたが、下男が食べ物を求めに出かけるのみで、怪しい動きはなかった。

そして当日、竹内は虎丸を残し、一之真と二人で出かけた。

「若殿に万が一のことがあってはならぬ」

竹内は一之真にそう言ったが、本心は違う。一之真を苦しめた者を目の前にした虎丸が、熱くなってぼろを出すのが不安だったからだ。

五郎兵衛と伝八には、日が変わったことにして、虎丸を寝所から出さぬよう命じている。今竹内を守るのは、密《ひそ》かに付いて来ている六左のみ。相手はいつも一人だという一之真の言葉どおりなら、それで十分だ。

二人で歩き、不忍池に行った竹内は、途中で別れ、一人ずつ松月に入った。店の者には、後から連れが来ると言って部屋に案内させ、すぐ廁《かわや》に立った。

廊下を歩いていると一之真が出てきて、またすぐ中に戻った。廁で待ち合わせて部屋を教える約束だったが、その手間は省けたようだ。

怪しまれぬよう廁に行き、部屋に戻った竹内は、障子を閉めて片膝をつき、廊下の様子を探った。先ほど一之真は、小さく頭を振っている。それは、相手の侍がまだ来ていないという合図だ。

程なく、店の者が案内する声と足音が聞こえた。

通り過ぎるのを待ち、そっと障子を開けて見ると、頭巾《ずきん》を被《かぶ》った無紋の羽織袴姿の侍が一人、一之真が待つ部屋に入った。

下がる店の者が目の前を通り過ぎるのを待って廊下に出た竹内は、一之真の部屋に踏み込んだ。

向かい合って座していた侍は、頭巾を被ったままだ。竹内を見て驚いた声をあげ、立ち上がった。

竹内は厳しい目を向ける。

「これまでだ。お前をあるじ暗殺の証として、公儀に突き出す」

すると侍は、何も言わず裏手の障子を突き抜け、外へ逃げた。

「待て！」

追って出た竹内は、裏庭を逃げる侍から目を離さず走った。不忍池のほとりに出たところで六左が前を塞ぎ、侍を止めた。

竹内を振り向いた侍は、観念するどころか、嘲るような笑い声をあげた。

呼応するように松月から出てきた六人の侍が、竹内に迫る。

「御家老！」

六左が駆け寄り、二人で侍どもと対峙《たいじ》した。

竹内は、一之真と会っていた侍を睨む。

「貴様が神崎か」

「いかにも。たった二人で来るとは、わしも軽く見られたものよ。あの世で後悔するがいい」

侍どもが抜刀し、斬りかかる構えを見せた。

竹内と六左は刀を向けてじりじりと移動し、店の板塀を背にすることができた。

背後から襲われることはなくなったが、目の前には七人の侍がいる。

油断なく左右を気にしていると、

「おい！　お前ら何しょんや《なにをしている》！」

竹内と六左に聞き覚えのある声がした。

振り向く侍たちの前に走ってきたのは、無紋の着物を着け、藤色の頭巾を被った虎丸だ。

「誰だ貴様」

怒鳴る神崎。

侍と対峙した虎丸が言う。

「芸州虎丸じゃ」

「何……」

神崎は目を見張った。

「その目は、わしを知っとるようじゃの。そこにおるのは確か、川賊改役の家老。

ということは、お前らはさしずめ川賊か」

「違う。我らは川賊などではない」

「なんか知らんが、わしは川賊改役に助太刀する」

「おのれ、誰であろうと邪魔は許さぬ。斬れ」

神崎が命じるやいなや、二人の侍が虎丸に迫った。

両手に小太刀を抜いた虎丸は、気合をかけて斬りかかった侍の刀を左手の小太刀で受け流し、右手の小太刀で肩を峰打ちした。

骨が砕ける音と呻《うめ》き声を聞きつつ、続けて斬りかかった二人目の侍の一撃をかわし、すれ違いざまに背中を峰打ちした。

呻いたが振り向き、ふたたび刀を振り上げる侍の脇腹を打って倒した虎丸は、竹内に斬りかかろうとした太めの侍に背後から猛然と迫り、肩を峰打ちした。

のけ反って倒れる太めの侍を見もしない虎丸は、六左が二人の侍に手裏剣を投げて腕を傷つけ、竹内が峰打ちに倒すのを見て、池を背にしている神崎と対峙した。

またたく間に五人も倒されたことに、神崎はうろたえて下がったが、後がないことに気付き、痩《や》せて背が高い侍を前に出した。

「何をしておる。斬れ」

痩せて背が高い侍は、犬が牙《きば》をむくように歯を見せて食いしばり、闘志をむき出して斬りかかってきた。

気合をかけて袈裟《けさ》懸けに斬り下ろす、侍渾身《こんしん》の一撃。

虎丸は真っ向から二刀で受け止めると同時に、右へすり流して前に出る。すかさず、太鼓を打つがごとく相手の背中を二刀で打ち据えた。

のけ反った侍は、倒れて悶絶《もんぜつ》した。

村上剣術の奥義・双斬《そうざん》を目の当たりにした神崎は、虎丸が一歩踏み出して迫ると刀を捨て、両膝をついた。

「ま、待ってくれ」

虎丸が神崎の頭巾を取ると、太い眉の顔を両手で隠し、突っ伏した。

「御家老！」

虎丸が声に顔を向けると、五郎兵衛が伝八と二人で走って来ている。

行く行かさぬの押し問答の末にはりたおして抜け出していた虎丸は、怒っているはずの五郎兵衛もそうだが、野次馬もちらほらと来ていることにまずいと思い、逃げ道を探した。

茶屋の物と思われる池舟を見つけて飛び乗った虎丸は、真顔で見ている竹内に手を上げた。

「礼はいらんけぇ、川賊退治に励んでくれ」

芸州虎丸を演じて言い、慣れた手つきで艪《ろ》を漕いで離れた。竹内たちが侍どもを捕らえるのを遠目にしながら、人がいない対岸に舟を寄せると身軽に飛び上がり、町中を走り去った。

竹内は、捕らえた七人を連れて湯島天神下にある五色家の屋敷へ行った。

おとないに応じて出てきた門番が、縄を打たれている七人の侍を見て、おずおずと訊く。

「何ごとでございますか」

竹内が前に出た。

「わたしは葉月家家老の竹内だ。あるじ四郎殿に、この者どものことについて問いたいことがあってまいった。ここへ呼んでくれ」

渡り中間《ちゅうげん》らしく、門番は素直に応じて中に入った。

程なくして出てきたのは、意地の悪そうな面持ちをした男。あるじ四郎ではなく、厚木甚六《あつぎじんろく》だ。

この男を知っている竹内は、真顔で言う。

「用人ではなく、あるじ四郎殿に話があると申したはずだが」

「これは、切れ者と名の知れた竹内殿らしからぬふるまい。突然押しかけてきて、あるじを門に呼びつけるとは無礼でござろう」

「それほどのことをしたからだ。この者どもを見れば、お分かりであろう」

厚木は侍たちを見て、首をかしげた。

「何者ですか」

竹内は神崎を引き出した。

「この者を使い、当家の者に毒を渡したことは明白。言い逃れは許しませぬぞ」

厚木はあたりを気にする仕草をした。

「大きな声を出されますな。話は中で聞きましょう。さ、お入りください」

「引き入れて囲まれたのでは敵《かな》わぬゆえ、ここでよい。四郎殿をこれへ」

すると厚木は、困ったような顔をした。

「言いがかりはおやめください」

「言いがかりだと」

「さよう。神崎かかんぬきか知りませぬが、ここにおる者は、当家とはなんの関わりもござらぬ」

「おのれ……」

「御家《おんけ》の家来が！」

厚木は大声で竹内の口を制し、声音を下げて続ける。

「毒を手に入れたとは物騒なことですな。病弱な若殿に不満を持ち、毒でも盛りましたか。さては竹内殿、代替わりして起きた御家騒動を、昔のことにこじつけて当家のせいにするつもりでござろう」

「違う！」

竹内は、厚木の目を見たまま一之真を呼んだ。

だが返事がない。

「どうした一之真」

振り向くと、先ほどまで確かに捕らえた侍の後ろにいた一之真の姿がなかった。

湯島天神下にある五色家の門前は町家が並んでいるため、町の者が足を止めて見ている。一之真は、その者たちを下げさせていたはずだ。

六左が、町の男に歩み寄った。

「おい。お前を下がらせていた者はどこに行った」

「そのお侍でしたら、他のみんなを下がらせて、そのまま行ってしまわれましたが」

竹内の前で聞いていた神崎が、振り向いた。

「正直に言おう。拙者らは、金で動いていただけだ。毒は、新田殿に言われて用立てた。今日はおぬしを斬れば、金をもらうことになっていたのだ。こちら様とは、なんの関わりもない」

「迷惑千万！」

厚木が怒鳴り、脇門から入ろうとしたが、思いついたように竹内の前に戻ってきた。

「お節介かもしれぬが、その浪人どもをお上に突き出せば、御家の恥を世にさらすことになりますぞ」

と言い、さげすんだ笑みを残して脇門から入り、扉を閉めた。

家中に不穏な動きがあると公儀に思われるのは避けたい。

そう感じた竹内は、一之真に頼まれただけだと言い張る浪人どもの縄を解くしかなかった。

「次にその顔を見たら容赦せぬ。行け」

神崎たちはほくそ笑み、ぞろぞろと去っていった。

それを潮に、町の者たちは興味をなくして、何もなかったように通りを行き交いはじめた。

「御家老、いかがされます」

訊く五郎兵衛に、竹内はため息をつく。

「一之真に一杯食わされたかもしれぬ。真意は問うしかあるまいが、はたして戻っているかどうか」

急いで屋敷に戻った竹内は、五郎兵衛と二人で一之真の長屋に行った。

竹内の思ったとおり、残っているのは下男の太吉だけだった。

暗い顔で、涙をにじませている太吉は、一之真が母親を連れて出ていったと教えた。行き先も言わず、置き手紙すらもないという。

「やられましたな」

悔しがる五郎兵衛を横目に、竹内は太吉に訊く。

「一之真は、若殿のことを何か言っていなかったか」

すると太吉は、大人しそうな顔をうつむけて目尻《めじり》を拭った。

「旦那《だんな》様は、病弱の若殿では先が不安だと、いつもおっしゃっていました」

「その若殿を毒殺してどうする気だったのか、聞いているか」

太吉は驚き、声も出ない様子。

竹内が続けて言う。

「毒のことは知らなかったようだな。一之真は、何を望んでいたのだ」

「分かりませせぬ。先ほど戻られた時は、騙されたわたしが愚かだった、このままでは命がないからここを出るとおっしゃり、お前も去れと言われたのです。わたしは、急なことで頭が回らず、残っていました」

やはり四郎が糸を引いていたに違いない、と、竹内は五郎兵衛に小声で言い、太吉に顔を向ける。

「ほんとうに、一之真の行き先を聞いていないのか」

「はい」

下男は涙を浮かべ、懇願する顔をした。

「御家老様、わたしは行くあてがございません。どうすればよろしいのでしょうか」

「心配するな。このままここで暮らせ」

「よろしいので」

「いずれ誰かに付ける。それまでは庭掃除でもしていろ」

竹内は苛立《いらだ》ちを隠さずそう言うと、外へ出た。

安堵する太吉に、五郎兵衛が言う。

「お前もとんだことであったな。辛かろうが、気を落とすなよ」

「ありがとうございます」

太吉は何度も頭を下げ、五郎兵衛を見送った。


一足先に帰り、寝所で待っていた虎丸は、戻った竹内から話を聞いて眉間《みけん》に皺《しわ》を寄せた。

「わたしと向き合っていた一之真は、嘘を言っているようには思えなかった。騙されて毒を盛ったことを気に病み、目の前で死のうとした男が逃げるか。どうも、いやな予感がする」

五郎兵衛が身を乗り出す。

「それがしも、若殿と同じでございます。御家老、一之真は母御と、心中する気では」

虎丸は立ち上がった。

竹内も立つ。

「皆に捜させます。若殿はここでお待ちください」

そう言って出ていくと、程なく屋敷は騒がしくなった。

葉月家総出で一之真親子を捜したが、見つけることはできなかった。

虎丸は、寝所に集まり、車座になっている皆を見回し、竹内に言う。

「わたしを偽者と疑う者が、この屋敷の中にいるのではないだろうか」

「そうは思えませぬ。おそらく、葉月家を逆恨みする四郎が仕組んだことではないかと」

珍しく憂えた顔をする竹内に、虎丸は気が重くなった。

いなくなってしまった新田一之真と母御を思い、

（生きていてくれ）

胸の内で念じた。

時を同じくして、江戸城桜田《さくらだ》御門内の出雲《いずも》雲南藩《うんなんはん》上屋敷では、届いた密書に目を通した松平筑前守近寛《まつだいらちくぜんのかみちかひろ》が、書かれている内容に目を見張り、持つ手を震わせていた。

密書を畳んで懐に入れ、動揺を隠せぬ様子で独りごちた。

「竹内は、お上《かみ》をたばかっておるのか」

第四話　疑う眼差し

一

楓《かえで》が散りはじめた頃、珍しく江戸に雪がちらついた。

出雲雲南藩の上屋敷は、静かだ。

炭が赤く熾《おこ》る火鉢を傍らに置いている松平筑前守近寛は、手箱にしまっていた密書を読み返して、深刻な顔をしている。

廊下にすり足の音が近づき、現れた岸部一斎が庭を背にして筑前守に頭を下げた。

「近《ちこ》う」

「はは」

部屋に入り、そばに来て正座する一斎に、筑前守は密書を渡した。

「五日前に、五色四郎がよこした物だ」

「ほう」

目を通した頃合いにどう思うか問うと、一斎は何も言わずに、いきなり破った。

「おい。何をするか」

慌てる筑前守に、一斎は厳しい目を向ける。

「五色殿が申すことを鵜呑《うの》みにされるのは危のうございます」

「しかし、何もないのに書いてよこすとは思えぬ。わしは、どうもおかしいと思うていたのだ」

「定光殿を疑うのですか」

「考えてもみろ。病弱だった婿殿が、急に元気になったのは妙だと思わぬか。わしは月姫を嫁がせる時、子を授かるまで婿殿に生きていてほしいと密《ひそ》かに祈願しておったほどぞ」

一斎は何も答えず、手の中にある紙切れを見ている。

筑前守は、確かめるよい案を求めた。

だが一斎は、黙認するのがよろしいでしょうと言う。

「もし万が一、これに書かれていたことがまことならば、月姫様もただではすみませぬ。葉月家の縁者となられた殿もしかり。たとえ若年寄であろうと、免れることはできぬでしょう」

「わしは確かに葉月家の縁者だ。四郎は何ゆえ、縁者であるわしに婿殿が偽者だなどと言うてよこしたと思う。潰《つぶ》す気ならば、お上に訴えればよかろう」

「さて、そこが妙なこと。何をたくらんでこのような文を送ってきたか分かりませぬが、ここで騒いでは、四郎殿の思う壺《つぼ》かとそれがしは考えます。葉月家を恨む者が申すことに踊らされてはなりませぬ。ここは慌てず、じっくり見極められることです」

「それでは気が休まらぬ。婿殿が本物かどうか、この目で確かめるよい手を考えよ」

「そこですな」

「何？」

「この密書は、殿の不安を煽《あお》るのが狙い。届いて日が経っておりますから、そろそろ、何か仕掛けてきますぞ」

一斎が睨《にら》んだとおり、この翌日に、四郎本人が訪ねてきた。

「こうしてお目通りを許されましたのは、それがしの文をお読みいただけた、ということでございましょうや」

あいさつもそこそこに、底意地の悪そうな薄笑いを浮かべる四郎に、筑前守は不快を隠さない。

「おぬしと会《お》うたのは言うておくことがあるからだ。あのような戯《ざ》れ言、わしは信じぬ。二度とよこすでない」

四郎は笑みを消した。

「これはしたり。もはや葉月のことなど、どうでもよいと思うているそれがしではございますが、頼ってくる者があり、現状を知って密書をしたためました」

「お上には言わぬと書いてあったが、何ゆえだ」

「むろん、葉月と縁者であらせられる筑前守様を心配してのこと。今は疎遠ですが、それがしも葉月の出でございますゆえ、あの家の者のせいで御家《おんけ》が潰れるようなことがあれば、気の毒」

「情けをかけたと申すか」

「今のうちに確かめておきませぬと、月姫様にお子ができてからでは、手遅れにございますぞ」

筑前守と共にいた一斎が口を挟んだ。

「五色殿」

「何か」

「そこまで申されるからには、確たる証《あかし》がおありなのでしょうな」

四郎は一斎ではなく筑前守を見て、

「それがしを頼る葉月家の家来から、密書が届いたのです。知らされる前は、思いもしませんでしたが、その者は密書に、若殿定光は偽者の疑いこれあり、ゆえに毒殺した暁には、それがしに当主となってほしいと、願《ねご》うてきたのです」

「馬鹿な」

「さよう、馬鹿なことです。それがしは葉月家と縁を切り、今は五色家の当主。葉月家に戻ることはできませぬ。されどその者は、本気で願うてございました」

「誰だ」

問う筑前守の目を見た四郎は、すぐに肩を落として下を向いた。

「葉月家で蔵方を務めておりました、新田一之真です。母親を大事にする孝行者でございましたが、若殿定光が替え玉と気付き、御家を潰さぬために先走った考えを抱いて毒殺を試みましたが、竹内家老に暴かれたのち、姿を消しました。出奔ということになっておりますが、口を封じられたのかもしれませぬ」

言い終えると、さも悲しげに、ため息をついた。

これには筑前守も驚き、

「捨ておけぬ」

と言い、四郎に顔を上げさせた。

「おぬしが言うことはよう分かった。後はわしに任せろ。だが言うておく。万が一定光殿がすでにこの世になく、当主の身代わりが事実ならば、明るみに出ればおぬしもただではすまぬ。このことを肝に銘じて、くれぐれも他言するな」

「やはり、縁を切ったといえ累が及びましょうか」

「お上に訴えなかったのは、そこを案じてのことであろう」

四郎は必死の面持ちとなり、畳に両手をついた。

「もし偽者と判明いたしましたら、その時は、新田一之真が為《な》そうとしたように、暗殺されたほうがよろしいかと。御公儀に病死と届けることで、月姫様も、御家《おんけ》もご安泰かと。まずは月姫様のお耳に入れ、替え玉の化けの皮を剝《は》がしていただくのはいかがでしょう」

「月を使えじゃと」

「奥方なれば、暗殺も容易《たやす》いかと」

「待て、暗殺など……」

動揺を隠せぬ筑前守に、四郎は考える間を与えず言う。

「お力添えをいただけぬのならば、我が命をなげうって、お上に訴えまする」

筑前守は四郎を睨んだ。

「貴様、わしを脅すのか」

「脅しではございませぬ。本気でございます。定光は定光にあらず、替え玉にございます。それがしがここまで申しますのは、定光は時々言葉になまりが出ると、新田一之真が書いていたからにございます」

筑前守が険しい顔をする。

「嘘を申すな」

「嘘ではございませぬ。新田一之真が姿なき今となっては本人に確かめようがございませぬものの、それがしは、嘘を書いてよこしたとは思いませぬ。こうしている今も、偽者と欲深い家老が葉月家を乗っ取っていることが、許せぬのです。どうか、御家の名誉のため、真実をお確かめくだされ、このとおり」

平身低頭して懇願する四郎に、筑前守は何も言えなくなり、長い息を吐いた。

「あい分かった。わしが確かめるゆえ今日は帰れ。くどいが、こちらから沙汰《さた》をするまで、決して動くでないぞ」

「ははぁ」

四郎は、来た時とは別人のように神妙な態度で、筑前守の前から下がった。

雲南藩上屋敷の表門を出た四郎は、僅《わず》かな供を従えて大名小路《だいみょうこうじ》に歩みを進めた。門番の耳に届かぬ場所まで離れたところで、用人の厚木甚六が言う。

「殿、いかがでございました」

「ふん、狸めは渋っておったが、定光の言葉になまりがあることを言うてやったら、ふふ、慌てておったわ」

厚木は疑問を抱いた面持ちとなった。

「なまり？　定光殿にでございますか」

「そうだ。竹内がわしの手の者だと知らぬ太吉から聞いた。わしはそれを知って、筑前守を使うことを思いつき、策をねっておった。心配するな。筋書きどおりにことが運んでおる。毒殺はしくじったが、どこぞのお国言葉を使う若殿は偽者に違いないのだ。後は、筑前守が化けの皮を剝がしてくれよう」

「殿もお人が悪い。教えてくだされば、新田一之真なんぞを使わなくてもすみましたものを」

「そう怒るな。新田に毒を盛らせているあいだに、太吉が知らせて来たのだ。秘めごとは、誰にも漏らさずことを運んだほうが、うまく行くというもの」

「されど、殿が睨まれたとおり替え玉と判明すれば、筑前守様は隠蔽《いんぺい》されるのでは」

「そうした時は、次なる手を打つ。筑前守も終わりよ」

「いずれにしても、偽者と重臣どもは、蓮見家のように打ち首獄門。殿の恨みを晴らせますな」

「そういうことだ。弟が必死に守った葉月の家がどうなるか、見ものよのう」

四郎はくつくつ笑いながら大名小路を歩き、五色の屋敷へと帰っていった。


筑前守は一斎と向き合っていた。

「一斎、何か言いたそうだな。苦しゅうない申せ」

「はは。実は、定光殿に剣術を指南した折、病弱に見えて実はなかなかの遣い手ではないかと思うておりました」

「なんと」

筑前守は怒気を浮かべた。

「それをなぜ早く言わぬか」

「偽者だとは微塵《みじん》も思うておりませぬゆえ、肝が据わったよい武士、さすがは諸大夫殿のご子息だと、感心していたのでございます。殿も、さようにおっしゃっておられたはず。だいいち、病床の定光様を見舞われたことがおありではございませぬか。何ゆえ本人に間違いないと、四郎殿におっしゃらなかったのです」

　うかがう目を向ける一斎に、筑前守は苛立《いらだ》ちをぶつけた。

「言うな！　身代わりなどとは、疑《うたご》うてもおらなんだのだ！」

　大きな息を吐いて気持ちを落ち着かせ、一斎を見た。

「だが、竹内ならばやりかねぬ。どこで見つけてきたか知らぬが、四郎が申すとおり身代わりならば、定光殿はすでにこの世におらぬということになる。蓮見家のこともある。本人を呼んで問いただし、白状すればその場で命を奪い、病死といたす」

「もしもあの若者が身代わりであれば、よほどの覚悟を持って葉月家に入っているはず。われらが問いただしたところで、白状するとは思えませぬ」

「ではどうすればよい。何か手はないか」

　苛立ちのあまり答えを急《せ》かす筑前守に、一斎は落ち着いて言う。

「正体を暴けるのはただ一人、四郎殿が申されたように、月姫様しかおられませぬ」

「月姫を近づけろと申すか。それだけはならぬ」

「では、高島殿にお命じなされませ」

「おお、高島か。それはよい。あの者ならば適任じゃ」

筑前守は、ただちに使いを走らせた。

二

急な呼び出しに何ごとかと案じた高島は、殿が直々にお伝えなされます、と言う使者の言葉に従い、竹内には私用だと届けて葉月家の屋敷を出た。

迎えの駕籠《かご》で雲南藩の上屋敷へ到着したのは、日暮れ時だった。

小姓の案内で表御殿の広間に上がった高島は、次の間には行かず、三の間で筑前守を待った。

程なく上座に入った筑前守が、平身低頭している高島の前まで下がり、定光が偽者の疑いがあることを小声で伝えた。

「なまり言葉……」

驚きを隠せぬ高島は、顔を上げた。筑前守と目が合い、慌てて下げる。

「苦しゅうない。面《おもて》を上げよ。今の話を聞いてどう思う」

問われて、高島は顔を上げた。

「事実であれば、恐ろしいことでございます」

「なまり言葉のことは、奥には届いておらぬか」

「初耳にございます。どこからそのような話が出たのでございますか」

「五色四郎じゃ」

「確か諸大夫様の、兄君」

「うむ。葉月家には、五色四郎の息がかかった者がおる。その者が聞いたらしいのだ」

「若殿が偽者などと、いかにお殿様のお言葉でも、にわかには信じられませぬ」

「月を一番に思うてくれるそなたじゃ。疑いたくない気持ちは痛いほど分かる。だがこのまま捨ておけば、五色四郎めが公儀に訴えるとわしを脅しおった。いや、きゃつめのためではなく、月のために、はっきりさせねばならぬ。そこでそなたを呼んだのだ。定光殿と直に話をして確かめ、言葉に少しでも妙なところがあれば、わしに知らせよ」

偽者ということに驚き動揺していた高島は、筑前守の命を受けた。

「まことならば許せぬこと。しかと見極めまする」

「頼むぞ」

「はは」

眼光鋭く頭を下げた高島は、固い決意をもって葉月家に戻った。

そして翌日、高島は表御殿に足を運び、竹内に面会を求めた。

「竹内殿、若殿の床上げ、おめでとうございます」

家老部屋で対面する竹内は、真顔を崩さず応じ、高島の目を見てきた。

探るような目つきに負けぬ高島は、言葉を続ける。

「つきましては、姫様の代理として、若殿に病気快癒の祝辞を述べたいと存じます。今日にでも、お目通りをお願い申します」

「いや、それには及ばぬ」

「何ゆえでございます。姫様の祝辞でございますぞ」

竹内は真顔で高島をみつめていたが、ふっと、息を吐いた。

「実は、家来が出奔いたした。若殿はそのことで気が塞《ふさ》いでおられる。今は遠慮願いたい」

こう言われては、無理強いはできぬ。

高島は引くしかなかった。

家老の部屋を出て奥御殿に戻っていた高島は、ふと顔を向けた庭にいる人影に、足を止めた。

羽織袴《はおりはかま》姿は、紛れもなく若殿。

見逃さぬ高島は、庭を歩く姿を目で追っていたが、建物で見えなくなり歩みを進め、後を追った。

広縁の柱に隠れ、池のほとりにたたずむ後ろ姿を見ていた高島は、顔が見えぬことに苛立ち、このままそばまで行って声をかけようという考えが浮かんだが、すぐに思いとどまった。

「急いてはことをし損ずる」

自分に言い聞かせ、後ろ姿を目に焼き付けて下がった。

奥御殿に戻った高島は、月姫の部屋に行ったのだが姿が見えない。丁度その時、侍女のお静が廊下に現れたので尋ねる。

「これ、姫様はどこにおられる」

するとお静は、歩みを早めて来ると部屋をのぞき、不思議そうな顔をした。

「先ほどまでいらっしゃいましたのに」

「そなたは今日、お付きの番であろう。目を離すとは何ごとですか」

「申しわけございませぬ。憚《はばか》りへ……」

「言いわけはよいから捜しなさい」

「はい」

「お待ち」

高島は、行こうとしたお静を呼び止め、正面に立った。

「そなた、若殿の湯浴みの手伝いをしていますね」

厳しい口調に、お静は首をすくめ、不安そうな顔をした。

「はい」

「何か、気付いたことはありませんか」

「気付いたこと？」

お静は不思議そうな顔をする。

「なんでもよい。お身体のこととか、たとえば、お言葉になまりがあるとか」

「いえ。特には何も」

竹内の息がかかった者とは知らぬ高島は、若いお静を疑いもしない。実際お静も
本物と信じているので、怪しむはずもなかった。

「そうですか」

「では、姫様を捜してまいります」

「よい」

この時高島は、お静のことを疑うよりも気になっていることがあった。

「姫様はわたくしが捜しますから、そなたはもうよい、下がりなさい」

そう言うと、恐縮して下がるお静を見送り、庭に下りた。

(もしや、庭に行かれたのでは)

お静と話している時にそう思いついた高島は、そっと築山《つきやま》に入った。でこぼこした足下に気を付けながら奥へ行く。すると、月姫が雪ノ介《ゆきのすけ》を抱き、板塀に向いて立っていた。よく見れば、板塀の隙間から、表側の庭をのぞいているではないか。

(やはり)

これまでも幾度か、そうではないかと疑ったことがあった高島は、自分の直感に狂いはなかったとうなずき、気付かれないよう庭木のそばにしゃがんで様子を見ることにした。

しばらくのぞいていた月姫は、なんと、板を外して表側に行くではないか。

「姫……」

思わず姫様と声が出そうになった口を手で塞ぎ、跡を追うために板塀の隙間から表側に出た。

すると月姫は、物陰に隠れて池のほうを見ている。高島から姿は見えずとも、若殿がいることは分かっている。そして、月姫の横顔を見た高島は、はっとした。

(姫は、恋心を抱いている)

そうに違いないと思った高島は、動揺した。

月姫がそっと引き上げる姿に慌て、先に奥御殿へ戻った。

遅れて戻った月姫は、高島を見るといつもの明るい様子で声をかけてきた。

「雪ノ介を捜していました」

訊いてもいないのに言われ、高島は頰が引きつるのを感じながら笑みを浮かべた。

「雪ノ介は、よほどお庭が好きなのですねぇ」

高島のその笑顔が恐ろしかったのか、月姫は逃げるように部屋の奥へ行き、様子をうかがうような目を向けてきた。

高島は、他の侍女にお相手をするよう言いつけ、用があると言って自分の部屋に下がった。障子を閉め切って座り、おもんぱかった。そして思いついたのが、月姫をうまく利用することだった。

酷なようだが、若殿が偽者と分かれば、姫も軽蔑《けいべつ》されるはず。

そう考えた高島は、月姫から目を離さず、庭に出て若殿の姿を見にゆくのを待つことにした。

翌日、月姫は高島が目を離した隙に庭へ出た。

侍女に言い含めていたことで、月姫の行動をすぐさま耳にした高島は、こっそり跡をつけて築山に足を踏み入れ、物陰からうかがった。

月姫は昨日と同じように、板塀の隙間から表側を見ている。だが、若殿はいないらしく、程なくしてあきらめ、庭へ下りようとした。

高島が石の陰から出ていくと、月姫はぎょっとして立ち止まり、雪ノ介を抱きしめて声もない。

「姫様」

「は、はい」

「昨日から見ていました」

緊張がこちらに伝わるほど、月姫はびくりとして、顔を強《こわ》ばらせた。

「ごめんなさい」

「わたくしは怒ってなどおりませぬ」

「えっ」

高島は歩み寄り、声をひそめた。

「若殿を想ってらっしゃるのはよく分かりました。わたくしが力になります」

月姫は不安を隠さない。

「何をするつもりです」

「まずは、お目にかかってお話ができるよう、竹内殿に頼んでみます」

月姫は一転して、嬉《うれ》しそうな顔をした。

無垢《むく》な笑顔に高島の胸は痛んだが、これも姫のためと自分に言い聞かせる。

「すぐに話をしてまいりますゆえ、お部屋でお待ちください」

「着替えなければ。何を着ましょう」

こころ弾ます月姫に、

「お支度は、決まってからでよろしいかと」

と言って別れた高島は、表御殿にふたたび竹内を訪ねた。

月姫が直接、若殿に快癒の祝辞を申し上げたいとおっしゃっていると熱く語るが、
無情を絵に描いたような面持ちで対面した竹内は、

「若殿におうかがいして知らせますゆえ、下がってお待ちください」

と、なんとも素っ気ない。

「ここで待たせていただきます」

そう言って急かせると、竹内は部屋から出ていき、あまり待たせずに戻ってきた。

「若殿にお伝えしましたが、まだお会いにならぬそうです」

高島は、不服を面に出した。

「何ゆえです」

「さあ」

「さあ？　さあとはなんです」

「若殿は、お気持ちをおっしゃらない」

高島は真意を探ろうとしたが、真顔の竹内だ。何を考えているかさっぱり分からぬ。

仕方なく引き下がった高島は、考えながら奥御殿に戻り、月姫の前に座して頭を下げた。

「申しわけございませぬ。堅物《かたぶつ》の竹内殿が許しませぬ」

月姫の顔に落胆が浮かぶ。

「そう……」

「あきらめるのは早《はよ》うございます。若殿とは、こっそり庭でお会いになられてはいかがでしょうか」

「お庭で」

「はい。池のほとりならば、誰にも邪魔されませぬ。出てらっしゃった時に、思い切って声をかけるのです」

月姫は考える顔をして、間を空けず頭《かぶり》を振った。

「恥ずかしくて、できませぬ」

「姫様」

「だめです」

月姫は顔を赤らめている。

幾度か庭で見ているはずの月姫が、これまで一度も若殿と言葉を交わしたことがないのは納得できる。

それはそれで、高島は安心した。

「わたくしはどうかしていました。逢引《あいび》きのようなことをさせてしまうところでした。お許しください」

月姫は首を横に振る。

「よいのです。殿はいずれお渡りくださいましょうから、その日まで待ちます」

姫を傷つけてしまうところだったことに気付いた高島は、己の浅知恵を恥じた。

自分がやるしかないと思い、配下の侍女に庭を見張らせ、若殿が出たら教えるよう手くばりをしたのはその日のうちだ。むろん、月姫には内緒で。

翌日は何もなく、二日目に知らせがきた。

高島は、知らせてきた侍女に月姫を外に出さぬよう言いつけ、庭に出た。

急いで庭を歩み、板塀のところまで行くと、月姫がしていたように板を外しにかかったが、びくともしない。

「これではないのか」

焦る気持ちが判断を鈍らせ、板を間違えていた。

落ち着いて地面をよく見れば、苔《こけ》が一ヵ所だけ剝がれている。そこの板を持つと、容易く外れた。

表側に出た高島が木陰から池をのぞくと、若殿はほとりに立ち、水面《みなも》をじっと見つめていた。

若殿の顔を初めてまともに見た高島は、どこか寂しそうな面持ちに、月姫は惹《ひ》かれたのだろうかと思った。顔立ちも、立ち姿も申し分なく、確かな血筋を感じさせる気が漂っている。

そのせいか、いざ声をかけるとなると、竹内に対するのとは違い緊張する。

この世に生を享《う》けた時から主家に仕えることが定まっている人間の性《さが》が、当主を前にすると気おじさせるのだろう。

(でも、あそこにいるのは偽者かもしれぬ)

疑う眼差《まなざ》しで見つめた高島は、己を奮い立たせ、木陰から出ようとした。

だがその時、

「若殿、こちらでしたか」

声がした。

木陰に隠れ、そっと見ると、竹内が来ていた。

竹内は、振り向いた若殿に歩み寄り、真顔で言う。

「領地から届いた書類に目をお通しいただけましたか」

「うむ。村のことだが、代官の求めどおりにいたすがよい」

「はは。次に川賊改役のことですが、用具のかかりが少々増えております。今月も要望が届いておりますが、いかがいたしましょう」

「船を動かすのは命がけゆえ、船手方が求める物を減らさぬほうがよい」

「では、そのようにいたします」

（あの竹内殿が信服している）

疑う眼差しが一変し、感服へと変わった高島は、そっと木陰から離れて奥御殿に引き上げた。


「行ったな」

「行きました」

ちらと築山を見て言う竹内に安堵《あんど》の息を吐いた虎丸は、振り向くことなく寝所に向かって歩む。

「今のでよいのか」

竹内に小声で訊《き》くと、竹内は背後で言う。

「あの様子だと、恐らく信じたことかと。ですが以後も、庭に出られる時は油断されませぬように、特に言葉には」

「分かった」

芝居を打ったのは、竹内の策だった。

というのも、虎丸に毒を盛らせたのが五色四郎と疑う竹内は、新田一之真親子が出奔した日から、四郎の動きを六左に見張らせていた。その六左の知らせで、四郎が筑前守を訪ねたことを知り、何か仕掛けてくると警戒していたところへ、高島が虎丸と会いたがりはじめた。そこで竹内は、奥御殿で暮らすお静と久美に高島を見張らせ、疑念を晴らすために一芝居打ったのだ。

「うまく信じてくれるとよいな」

虎丸はそう願いつつ、寝所に戻った。

虎丸の心配は、高島にいたっては余計なことだったようだ。

すっかり二人の芝居に騙《だま》された高島は、機嫌良く月姫のところへ戻ると、

「姫様、早くお目にかかれるとよろしいですね」

と言い、恥ずかしそうにうなずく月姫に、

「若殿は、ご立派なお方に違いございませぬゆえ」

太鼓判を押した。

そして自室に戻り、筑前守に文をしたためて送った。

それを知ってかどうかは分からないが、同じ日に太吉が姿を消した。

太吉は、竹内の差配で新たに仕えることになっていた坂本《さかもと》という若い家来に、一之真を捜す許しを請うが、坂本は許さなかった。そして、竹内からの厳しい視線を敏感に察知した太吉は、己の身を案じて、黙って出ていってしまったのだ。

太吉の面倒を見るよう言いつけていた坂本から報告を受けた竹内は、捨ておけと言って下がらせようとした。だが、坂本は引かない。

両手をつき、

「御家老に、お訊《たず》ねしたいことがございます」

真剣な目を向けてきた。

「何か」

「太吉が、若殿には妙なところがあると申しておりました。妙ななまり言葉で話されているのを耳にしたそうですが、どういうことでございますか」

「やはり、あの者は間者《かんじゃ》であったか」

「は？」

訊き返す坂本に、竹内は真顔を向ける。

「太吉から聞いたことを、誰かに話したか」

「いえ、誰にもしゃべっていません」

「太吉はどうだ。話を広めていたか」

「わたしにこっそり告げましたので、広めてはいないかと」

噂もないと聞き、竹内はうなずいた。

「ありもせぬことだ。太吉はおそらく、五色四郎の間者として新田一之真に仕えたか、あるいは金で寝返ったかのどちらかだ」

「まさか……」

「若殿に毒が盛られたことは、太吉を預ける時に話したな」

坂本ははっとした。

「では、太吉も新田と共に、若殿のお命を狙ったと……」

「いや。今思えば、太吉が新田一之真を操っておったかもしれぬ。当家を恨む四郎殿の命で、若殿についてあらぬことを吹き込み、暗殺させようとしていたに違いない。すまぬが、家中に若殿について妙な噂をする者がおれば、太吉の裏切りだと教えて収めてくれ」

「承知いたしました」

「頼むぞ」

「はは」

坂本は疑いもせず頭を下げ、調べにかかった。

騙していることを後ろめたく思うほど、竹内は弱い男ではない。

先代諸大夫を暗殺した何者かの思い通りにさせぬため、何より、身代わりを望まれた亡き若殿のため、御家を潰すわけにいかぬと腹を据えている。

坂本がふたたび来たのは、夕暮れ時だった。

「若殿のことをそれとなく訊いて回りましたが、悪く言う者は誰一人おりませぬ」

「そうか。ご苦労だった」

太吉が警戒し、早々といなくなってくれたことで助かった。

坂本を下がらせ、一人になった竹内は、

「誰にも邪魔はさせぬ」

そうこぼし、珍しく不安を滲《にじ》ませた表情で思案をめぐらせた。

三

この日、湯島天神下の五色家を訪ねてきた筑前守の使者は、岸部一斎だった。

一斎の話を聞いていた四郎は、次第に怒気を浮かべ、しまいには拳《こぶし》を作った両手を震わせながら立ち上がった。

「池のほとりで話している姿を見たのみで本物と定めるのは、安易ではないか」

一斎は座ったまま、四郎を見上げた。

「ほう、すでにご存じでしたか。なまり言葉を聞いたと知らせてきた間者は、なんと申しているのです」

「直に聞かれるがよい。太吉、これへ」

四郎が廊下に向いて声をかけると、太吉が現れた。下男の身なりではなく、清潔な紬《つむぎ》を着て月代《さかやき》も整えている。

「お呼びでございますか」

「うむ」

応じた四郎は、一斎に言う。

「一斎殿、この男は、行方が分からぬようになった葉月家の家来に仕えておりました。太吉、定光のことを教えて差しあげろ」

「はは」

太吉は一斎に向き、神妙な態度で話した。

「我があるじ一之真様は、初めから、若殿様のことを疑っていたわけではございませぬ。長年病床に臥《ふ》され、寝所から出られたお姿を見たことがないとおっしゃっていた一之真様は、将来を案じておられました。そこで、若殿が近頃薬湯を好まれると知り、少しでもお役に立ちたいとおっしゃり、身体に良いとされる薬を手に入れられたのでございます。よかれと思い、若殿様に言上しようとお部屋に行かれた際に、竹内家老となまり言葉で話されているのを耳にされたのです。以来一之真様は、身代わりをお疑いになり、病弱だった若殿様は、すでにご他界されたのではないかと、案じておられました」

四郎が唇を舐《な》めて続ける。

「その新田一之真は、行方が分かりませぬ。太吉は、竹内が命じた者に仕えることとなりましたが、命の危険を感じて逃げてきたのです」

一斎は、高島が送ってきた文を読ませてもらっているだけに、にわかには信じられない。

あの高島が、はずむ気持ちをぶつけてよこした文を読んだからこそ、あるじ筑前守は定光の健在を信じ、己を使いに立てたのだ。

黙っている一斎に、四郎が言う。

「筑前守様は、娘可愛さに隠蔽されるおつもりか」

「いや、そうではござらぬ。月姫様お付きの者は、殿が信頼しておられる。ゆえに文を見て、替え玉ではないと安心されたのです」

四郎は目を細め、一斎に言う。

「これより、筑前守様の下へまいりましょう。今一度、お耳に入れたいことがござる」

「それがしが承ります」

「ならぬ。そなた様を信じぬわけではござらぬが、お目にかかってお伝えしたい。つまらぬことではないゆえ、従われよ」

一斎は四郎を見て、うなずいた。

四郎は太吉を下がらせ、厚木をそばに呼んで声を潜めた。

「例の者はどうなっておる」

「見張りの知らせでは、今日も家で忙しくしております」

「では、押さえにゆけ」

「はは」

応じた厚木が下がると、一斎が訊く。

「誰を押さえるのです」

「いや、こちらのこと、こちらのこと。さ、まいりましょう」

四郎は笑みを浮かべて濁し、一斎を促して屋敷を出た。

雲南藩の上屋敷に到着したのは昼前のことだ。

朝は晴れていたが、次第に雲が広がり、北風が強くなりはじめた。

薄暗い部屋で面会した筑前守は、あからさまに、うるさい者を見る眼差しを向けた。

「わしが本物と断定したことが気に入らぬようじゃが、今度はなんだ。手短に申せ」

面倒くさそうな筑前守の態度に、四郎は目つきを鋭くしたものの、それは一瞬のこと。神妙に頭を下げ、懇願した。

「今一度、いや、これをもって終わりといたしますゆえ、どうかお付き合いください」

「だからなんだと申しておる」

「甥《おい》の定光を長年診ていた医者が、ある時期から遠ざけられておりまする。ご存じでございましたか」

「診せても、病がなかなかようならぬからだと聞いておる」

「そこでございます。医者の羽下恵弘《はしたえこう》は、弟諸大夫がこれと見込んで屋敷に入れた者。町医者となった今も評判はよろしく、患者が列をなしております」

「竹内が遠ざけたと言いたいのか」

「寝所に潜む者を見られては困るからに、相違ございませぬ」

「………」

筑前守は一斎を見た。

一斎は何も言わず前を向き、四郎を見ている。

四郎は、しおらしく両手をついた。

「羽下恵弘に定光を診させとうございます。ですが竹内は、それがしの言うことなど聞かず門前払いをするはず。つきましては筑前守様のご同道を賜りたく、お願いに上がりました」

「うぅむ」

渋る筑前守に、四郎が鋭い目を向ける。

「ご承知いただけぬとあらば、公儀目付役に同座を願うまで。お邪魔をいたしました」

「待て。まだ行かぬとは言うておらぬ」

立とうとした四郎が、したたかな顔で居住まいを正し、

「では、今からお願いいたします」

頭を下げた。

「何、今からじゃと。医者はどこにおるのだ」

「家来を遣わしておりますゆえ、ここから行く途中で合流します」

「手回しが良いことよの。そこまでするならはっきりさせようではないか。待っておれ、支度をしてくる」

「はは」

客間から出た筑前守は廊下を歩み、従う一斎に顔を向けた。

「まるで蛇のごとく執念深い奴じゃの」

「し、聞こえまする」

「聞こえるように言うておるのじゃ」

筑前守は苛立ちを隠さず、支度をしに奥へ戻った。

四

庭に小雪が舞ったのはほんの少しのあいだで、雲が流れて日が照りはじめた。池の水面が日の光で輝き、緋鯉《ひごい》が口を出したかと思うと、すぐさま蓮《はす》の葉の下へ潜った。

虎丸の足下では、主《ぬし》と決めている黒鯉が池の底に腹を付けてとどまっている。その姿はまるで、日を浴びて温まっているように見える。

先ほどまで築山に感じていた気配は、今はもうない。高島という侍女の顔を見たことはないが、竹内いわく、油断ならぬ相手。雪が舞うまでは、鯉を眺めていた自分を見張っていたのだろう。

虎丸はこれまでも幾度か気配を感じ、その時は気になって築山に上がっていたが、今日は動かなかった。下手に接触して、ぼろが出るといけないと思ったからだ。

しゃがんで、水を触った。氷のように冷たい。

「ようこ《よくこ》がな水の中におるの《んな》」

誰にも聞こえぬ小声で話しかけた時、黒鯉は尾ひれを左右に動かして蓮の下に消えた。

「若殿！」

五郎兵衛の声がして、敷石を踏む音がした。

立ち上がって振り向くと、急ぎ足で来ている。

虎丸は歩みを進めた。

「慌てていかがした」

「たった今、筑前守様と四郎殿が来られました」

言いながら近づいた五郎兵衛は、築山を気にし、次いで近くに誰もいないのを確かめ、顔を近づけた。

「まずいことになりました。いかに筑前守様とて、突然の訪問は無礼だと御家老が拒まれたのですが、定光が偽者の疑いがある、潔白を証明するために、医者に診させろとおっしゃり引かれませぬ」

虎丸は愕然とした。

「ばれたんか！」

五郎兵衛が焦り、飛びかかるように虎丸の口を塞ぐ。

「声が大きゅうございます。落ち着いて」

虎丸は周りを見て誰もいないのを確かめ、五郎兵衛の手をどけて小声で訊いた。

「医者に診せるとはどういうことだ」

「とにかく寝所へお戻りください」

急かされた虎丸は、不安に駆られたまま寝所へ入った。

着替えを支度して待っていた伝八は、緊張で顔が蒼白《そうはく》になっている。ただごとではない雰囲気に、虎丸は気が重くなった。

袴を脱ぎながら、五郎兵衛に顔を向けた。

「医者に何を診せるのだ」

「お身体です。四郎が連れてまいった医者は、亡き定光様を幼き頃から診ていた者。顔は瓜《うり》二つで分からぬとしても、その……」

「背中の傷を見られるか……」

虎丸は、終わったのう、という言葉を飲みこんだ。

「四郎一人ならなんとか追い返すことはできましょうが、筑前守様は無理かと」

五郎兵衛は無念そうに言い、早くも目を赤くしている。

そこへ、竹内が来た。

五郎兵衛がすぐさま訊く。

「いかがとあいなりましたか」

竹内は真顔で首を横に振る。

「こうなってしまっては、逃れることはできない。だが、若殿が客間に出られるまで、半刻の猶予をいただいた」

「何か策を考えましょう」

五郎兵衛はもがこうとしているが、虎丸は腹を決めた。

「見てくれ」

そう言って着物を脱ぎ、背中を向けた。右肩から背骨に向かって傷跡がある。

「瀬戸内《せとうち》で海賊と戦った時に負った傷は、消すことはできない。これを見られれば、言いわけはできない」

伝八が肌着をかけて隠し、竹内に言う。

「まだ半刻あります。奥向きに頼んで、白粉《おしろい》を借りて塗ってみてはいかがでしょうか。伯母《おば》が、頬にできたしみを隠すと言って厚く塗っていたのを見たことがございます」

五郎兵衛が賛同した。

「試してみますか」

だが竹内は、首を横に振る。

「そのようなことをしても、羽下恵弘の目は誤魔化せぬ」

虎丸は竹内に向いた。

「やってみよう。判太郎と吉原に行った時、女たちの肌の色を見て驚いた。化粧で隠せるかもしれないぞ」

竹内の目が光った。

「吉原に行かれたのですか」

言っていなかった虎丸は後悔したが、もう遅い。

「何もしちゃおらん、いや、していない。判太郎の供をしただけだ」

竹内がさらに何か言おうとしたが、五郎兵衛が割って入った。

「今はそのことよりも、傷のことです。御家老、お静殿か久美殿に頼めませぬか」

「分かった」

竹内はさっそく、奥御殿に伝えに向かった。

奥御殿の自室で茶菓を楽しんでいた月姫は、筑前守が来ていることを知らない。

高島が訊いたことにどう答えるべきか、手に持っている湯飲みを見つめて考えていた。

待ちかねたように、高島がもう一度訊く。

「姫様、怒りませぬから正直におっしゃってください。築山の塀を抜けて、表向きに行かれていましたね」

月姫は、ついに観念した。

「ごめんなさい」

高島は怒るより、嬉々とした目をして身を乗り出した。

「若殿にお目にかかれたのですか」

月姫は顔が熱くなるのを感じつつ、うなずいた。先ほど虎丸が感じていた気配は、月姫だったのだ。

「お話をされましたか」

高島から嬉しそうに訊かれて、月姫は驚いた。

「怒らないのですか」

「怒るものですか。それで、お声をかけられたのですか」

興味津々の高島に、月姫は頭を振った。

「恥ずかしくてできませぬ。今は、隠れて見るだけで幸せです。殿は何度も池の水に手を入れられて、鯉に何かおっしゃっていました」

「何かとは、何です」

「遠くて、はっきり聞こえません。でもその様子が、まるで子供のよう……」

思い出した月姫がくすりと笑うと、高島は機嫌良く言う。

「お忙しくされているご様子でございましたから、たまの息抜きは必要でございます」

芝居を信じ込んでいる高島は、月姫と若殿はお似合いだとまで言うようになっている。

そんな二人の前に、首をかしげながら侍女が来た。

気付いた高島が訊く。

「そのように難しい顔をして、いかがしたのです」

「それが、先ほど表向きより、久美殿にお声がかかり、白粉を貸すように言われました」

高島は眉間《みけん》に皺《しわ》を寄せた。

「白粉？」

「はい」

「何に使うのです」

「さあ。竹内様がご所望だということしか、聞いておりませぬ」

「なるほど。面妖《めんよう》な話ですね」

そこへ、折りよく久美が来たので高島が声をかけて呼び込み、白粉のことを訊いた。

すると久美は、廊下で正座して月姫に頭を下げ、高島に言う。

「わけは聞いておりませぬが、筑前守様がお越しとうかがっております」

「父上が……」

月姫は、高島を見た。

「何ごとでしょう」

すると高島は、勘ぐる面持ちをした。

「もしや若殿が……」

「え？　殿がお化粧を？」

驚きと不安を隠せぬ月姫に、高島は真剣な顔を向けた。

「姫様、今日の若殿は、お顔の色はどうでしたか。青白くありませんでしたか」

月姫は首を横に振った。

「前にくらべると、血の気はお戻りのように見えました」

高島は考える顔をして、月姫に言う。

「わたくしが思いますに、筑前守様は、若殿を確かめに来られたのやもしれませぬ」

月姫は不思議そうな顔をした。

「それと、化粧の何が関わるのです」

「お顔の色が優れなければ、病の快癒を疑われます。筑前守様が若殿のお身体を心配されれば、この奥御殿へお渡りになるのを止められるはず。そうさせぬために、竹内殿が化粧で誤魔化そうとしたのでは」

久美が明るい顔をした。

「では、いよいよ……」

虎丸を身代わりではないと思っている高島は、久美にうなずいた。そして月姫に言う。

「本日のご対面が無事終われば、若殿はお渡りになられるやもしれませぬ」

月姫は顔を真っ赤にした。

奥御殿で女たちの期待と喜びの声があがった頃、寝所では落胆のため息が響いた。

「消えませぬ」

伝八が言い、

「だめだな」

五郎兵衛がうなだれた。

虎丸の背中は、肌の色がよくなったものの、刀の傷跡は隠せなかった。

伝八が白粉の入れ物を置き、背中をまじまじと見て言う。

「まるで呪いでもかけられているかのように、傷跡が浮いて見えます。若殿、この傷をつけた海賊を討ち取ったのですか」

「恐ろしげなことを言うなや。殺しちゃおらん。わしは、人を斬らんと決めとるんじゃけ」

動揺を隠せぬ虎丸に、竹内は芸州弁を指摘せず立ち上がった。

「白粉の匂いがする。拭《ふ》き取れ」

そう伝八に命じ、部屋から出ていこうとする竹内を、虎丸が呼び止めた。

「そろそろ時間か」

振り向いた竹内の表情を見て、虎丸は眉《まゆ》をひそめた。

「何を考えている」

「ご案じなさいますな。あなた様だけは、何があっても死なせませぬ」

「おい。竹内待て」

虎丸が止めるのを聞かず、竹内は障子を閉めて去った。

「まさか、まだばれとらんのに腹を切る気じゃないじゃろうの」

心配になり追おうとした虎丸を、伝八が押さえた。

「さ、化粧を落とします」

「竹内が心配じゃけ放してくれ」

「わたしが見てまいります」

六左が言い、跡を追って出た。

竹内は家老の部屋におらず、敷地内にある自宅に帰っていた。

六左が庭を回り、竹内の家に行って勝手に部屋に上がると、竹内は死に装束の白い着物を支度していた。

「御家老」

「騒ぐな六左。元より覚悟はできている。ばれた時は潔く、筑前守様の前で腹を切る。お前は命を賭《と》して、若殿を江戸から逃がせ。尾道にお連れするのだ」

六左は膝《ひざ》を折り、竹内を見上げた。

「ばれましょうか。わたしは初めて虎丸様のご尊顔を拝した時、若殿にしか見えませんでした」

「四郎の自信に満ちた顔を見たであろう。まさか、羽下恵弘を連れてくるとは思いもしなかった。わたしの油断が招いたことだ。重ねて頼む。若殿を死なせてはならぬぞ」

六左は唇を噛《か》んで、命令に従った。

竹内は死に装束に薄手の小袖《こそで》を重ねて隠し、羽織袴を着けて、亡き父から受け継いだ無銘の脇差しを帯に差して支度を終えた。

「先に大広間で待つ」

竹内は真顔で言い、出ていった。

五

半刻がすぐに経った気がしつつ、虎丸は、身なりを羽織袴に整え終わり、皆が待つ表御殿の大広間に向かった。

廊下で座して待っていた竹内が頭を下げて立ち上がり、広間に入ると、下座《しもざ》を促す。

上座を見ずに歩み出る虎丸に対し、四郎は顎《あご》を上げた横柄な態度で見ている。その横に正座するのは、白髪交じりの総髪で、茶色の羽織袴を着けた医者だ。

亡き定光を幼い頃より診てきたという羽下恵弘をちらと見た虎丸の目には、疑う眼差しを向けられているようにしか見えない。

途端に緊張したが、ここが正念場。虎丸はこころを乱さぬよう腹に力を込め、部屋の中程で正面を向いて正座すると、筑前守に平身低頭した。

「舅《しゅうと》殿、ご無沙汰をしておりました」

「うむ。苦しゅうない、面を上げよ」

「はは」

手を膝に戻すなり、虎丸の右手側にいる四郎が声をかけてきた。

「わしのことを覚えておるか」

定光にとっては伯父《おじ》であるが、一度も顔を合わせたことがない。そう竹内から教えられている虎丸は、顔だけを向けた。

「伯父上、お初にお目にかかります」

「はたして、わしはそちの伯父であろうかの」

四郎は、底意地の悪い笑みを浮かべて言葉を続ける。

「わしはそちの顔を知らぬが、偽者と言う者がおる。羽下恵弘殿が診れば分かることじゃが、その前に観念して白状すれば、そちの命だけは助けるが、どうじゃ。わしが申すことに相違ないか」

虎丸は四郎の目を見た。最後まで悪あがきをすると決めているだけに、動揺はしない。

「偽者だというのは、根も葉もない噂でございます」

四郎は、挑むような目つきに変わった。

「ほう、言うたな。では恵弘殿に診てもらうが、異存はあるまいな」

「ございませぬ」

四郎は片笑み、己の右側に座っている恵弘に顔を向けた。

「では恵弘殿、この者が本物か偽者か、筑前守様の御前ではっきりさせてくだされ」

「承知いたしました」

恵弘は四郎に頭を下げて立ち上がり、虎丸の正面に歩み寄ってきた。

「定光様、お久しゅうございます」

「うん。息災であったか」

定光が病床で恵弘に必ずかけていた言葉を、五郎兵衛に言われたとおりにかけた。

恵弘は微笑んだ。

「はい。おかげさまで。まずは、脈を取らせていただきましょう」

手を差し出す恵弘は笑みを消し、真剣な目を向けた。

虎丸が差し出す左手首をつかみ、指を当てて脈を取った。続いて首を触り、頬に手を伸ばして下瞼《まぶた》を下げ、じっと目を見てきた。

「横をお向きください」

言われるまま右を向き、続いて左を向いた。

誰も一言もしゃべらず、恵弘がすることを見ている。

羽織を取って仰向けになれと言われ、廊下に足を向けて横になると、恵弘は膝を進めてきた。

「ご無礼」

そう言って着物の前を開き、胸を露《あら》わにした恵弘は、胸に耳を当ててきた。程なく顔を上げ、着物の前を引き寄せると、虎丸の目をじっと見る。

なされるままの虎丸は、天井に目を向けている。

背中を見ると言われれば、そこですべてが終わる。いや、すでに恵弘は気付いているかもしれない。先ほど、そういう目つきをしていた。

だが恵弘は、黙ったまま虎丸を見ている。

なぜ何も言わないのか。

これには四郎がしびれを切らせた。

「恵弘殿、どうじゃ」

恵弘は答えず、険しい顔をして、何やら考え込む様子となった。

四郎は身を乗り出した。

「何を迷われる。恐れることはない。偽者だとはっきり申されよ」

「もうよろしいですぞ」

恵弘に促された虎丸は、立ち上がって着物の乱れを整えにかかった。

筑前守が虎丸を見ていたが、竹内に渋い顔を向け、何か言いたそうだ。

恵弘は虎丸が座るのを待ち、ようやく口を開いた。

「わたしは医者になり、四十年も病と向き合うてまいりましたが、このようなことは初めてです。信じられぬことがあるものです」

しみじみと言う恵弘に、四郎が苛立ちをぶつけた。

「どういうことだ。はっきり申せ」

ぴくりと眉を動かした恵弘が、四郎ではなく筑前守に向き、穏やかな笑みを浮かべた。

「定光様は生まれつき心ノ臓の働きが悪く、わたしは、十までは生きられないと決めてかかっておりましたが、大きな間違いでした。立派にご成長なされた今は、すっかりようなられておられます。こういうことも、あるのですな」

「では、本人か」

筑前守が言うやいなや四郎が立ち上がり、

「別人であろう!」

怒鳴ると、恵弘が笑った。

「何をおっしゃいます。長年脈をお取りしてまいったわたしの目に、狂いはございませぬ。紛れもなく、定光様本人でございます」

四郎は怒りに顔をゆがめ、竹内を睨んだ。

「おのれ、恵弘に手を回しておったな。わしは騙されぬぞ。そこの者が妙ななまり言葉をしゃべるのを、聞いた者がおるのだ」

竹内は真顔を向け、

「その者を、これへ連れて来られよ」

責めるように言った。

四郎は憎々しく顔をゆがめ、竹内を指差した。

「いなくなった新田一之真の下男太吉だ。その者から確かに聞いた」

「太吉なる者は、新田を捜すと申して出ていきました」

「その太吉は、わしを頼ってきておる。太吉が申したのを、筑前守様のお使者が聞いておられるのだ。言い逃れはできぬぞ。貴様、新田一之真をどうした」

「出奔いたしました」

「嘘を申せ！　さては、殺したな」

竹内は鋭い目をして四郎を見た。

「殺したとは、聞き捨てなりませぬ」

「黙れ。口を封じたに決まっておる。そこにおる者は定光にあらず。偽者だ！」

「見苦しいぞ！」

筑前守が怒鳴った。

「五色、恵弘にはっきりさせると申したは、そのほうであろう。恵弘は婿殿だと言うておる。思いどおりにならぬからというて、ありもせぬことをまくし立て、葉月家を潰そうとするのはやめよ！」

筑前守の剣幕に、四郎は憤慨して顔をそむけた。

「偽者に決まっておる。わしは騙されぬ」

立ち上がって言い張る四郎の前に竹内が行き、睨みすえた。

四郎も睨み返す。

「なんじゃ！」

「太吉は元より、あなた様の手の者でございましょう」

「何を申すか」

「新田一之真が母親と家を出たのは確かなこと。家中の者が、抜け出すのを見ております。ありもせぬことを広め、葉月家を潰そうとされるのは我慢がなりませぬ。逆恨みをやめぬおつもりならば、御家のため、それがしが地獄へご案内つかまつる」

竹内は羽織を捨て、薄手の着物の両肩を脱いで死に装束を見せた。

息を呑《の》む四郎の前で脇差しを抜き、一歩出る。

「お覚悟」

恐れた四郎は後ずさりながら腰砕けになり、覚悟を決めて迫る竹内に手の平を向けた。

「ま、待て。分かった、分かった！」

悲鳴に近い叫び声をあげて命乞《ご》いをする四郎に、筑前守は軽蔑の眼差しを向けた。

「痴《し》れ者め！　下がれ！」

怒鳴り声にびくりとした四郎の前で、竹内は脇差しを下ろした。

筑前守は立ち上がって歩み寄り、脱力している四郎を指差す。

「そのほうに申しておる。帰れ！」

四郎は四つん這《ば》いになり、転がりそうになりながら逃げ帰った。

筑前守が虎丸に顔を向けた。

「騒がせた、許せ」

「いえ」

「わしは疑ってはいなかったのだが、四郎めがうるさいゆえ、はっきりさせるためにまいった。婿殿が長らく病を患い寝所に籠《こ》もっておったゆえ、馬鹿な考えをしたのであろう。じゃが気をつけよ、奴の恨みは深い。決して、油断せぬことじゃ」

「肝に銘じます」

虎丸が畳に両手をつくと、筑前守はうなずいた。

「月姫には日を改めて会いに来る。たまには道場に顔を出すがよい。一斎が待っておるぞ」

「はは」

「ではな。ああ、そのまま。見送りはよい」

立とうとした虎丸を制し、帰っていった。

それでも表の式台まで出た虎丸は、筑前守を見送り、共にいる竹内の顔を見た。

「偽者と思われていたのは、驚いたな」

玄関にいる他の家来の手前、あえてそう言った。

竹内は真顔で言う。

「ありもせぬことを言うのが四郎殿なのです。筑前守様がおっしゃるように、油断されませぬように」

語尾を強めるのは、芸州弁に気を付けろと釘《くぎ》を刺しているのだろう。目顔がそう訴えている。

虎丸はうなずき、大広間に戻るため歩みを進めた。

続いた竹内が、人がいないのを確かめて言う。

「恵弘殿を、茶に誘います」

「どうして……」

「若殿のお身体のことなど、じっくり話を聞きとうございますので」

せっかくばれなかったというのに、引きとめようとする竹内の腹が読めぬ虎丸は、真意を知りたくて素直に従った。

五郎兵衛が恵弘を寝所に招き、伝八が支度を調えた茶道具の前には、竹内が座した。

虎丸も茶の作法は一応身に付けたが、竹内の所作は美しい。

五郎兵衛と伝八が外を警戒している中、静かな寝所で一服した恵弘が、嬉しそうな顔をした。

「相変わらず、けっこうなお手前。久々に、旨い茶をいただきました」

手の中の茶碗《ちゃわん》を眺めながら言う恵弘は、虎丸と目を合わせようとしない。

そんな恵弘に膝を転じた竹内は、じっと目を見た。

「なぜです」

「なんのことかな？」

「言わずとも、それがしが訊きたいことはお分かりのはず」

すると恵弘は、問う竹内に微笑み、ようやく虎丸に顔を向けた。

「この若者を、定光様と認めたことですか」

やはりばれていた。

息を呑む虎丸から視線を外した恵弘は、竹内に言う。

「他意はない。定光様のご遺言に従《したご》うたまでのこと」

この言葉に、竹内、五郎兵衛、伝八の三人は目を見張り、恵弘に注目した。

竹内が問う。

「ご遺言とは……」

「竹内殿から暇を出される三日前でした」

恵弘は、虎丸が寝間に使っている一段高い部屋に、懐かしむ顔を向けた。

「病床の定光様に袖を引かれ、葉月家を潰さぬための秘策を告げられました。死にゆくわたしに代わって家を守ることを引き受けてくれる虎丸殿が、誰かに偽者と疑われてしまわれた時は、紛れもない本物だと、そちが証明してくれ。定光様は泣きながら、そう頼まれたのです」

五郎兵衛と伝八が、下を向いて涙を堪《こら》えている。

竹内は目を赤くし、胸が詰まって声を出せぬ様子だったが、大きく息を吐いて言う。

「若殿はそこまで、おぬしを信頼しておられたのか」

「お産まれになられた時より、脈を取らせていただきましたからでございましょう」

そう言って微笑む恵弘の頬に、光る物が流れ落ちた。

竹内は目をつむり、ふたたび大きな息を吐いた。

「どうして黙っていたのだ。あの時、若殿のご遺言を教えてくれていれば、そなたを遠ざけはしなかった」

「こうなった今思えば、そのほうがよかったのでございます。出入りを続けておる者が申すことは、証にはなりませぬゆえ。これからも、遠くから御家のご無事をお祈りしておりまする」

恵弘はそう言って、虎丸に微笑んで頭を下げた。

虎丸は、命を繋《つな》げてくれた感謝を込めて、畳に両手をついて平身低頭した。

顔を上げると、恵弘がじっと見てきた。

「それにしても、瓜二つでございますな。心ノ臓の音を聞くまでは、定光様がお元気になられたのではないかと思うたほどです」

「恵弘殿、定光殿のことを教えていただけませぬか」

虎丸が頼むと、恵弘は思い起こす面持ちを定光が寝ていた部屋に向けた。

「お優しいお方でございました。心ノ臓の発作が起き、落ち着きますと必ず、御家と家臣の方々の行く末を案じておられました」

そう言うと、涙をためた目で虎丸を見てきた。

「あなた様に御家を託された定光様の心残りは、諸大夫様のご無念を晴らせなかったこと。闇討ちをしかけたのが何者かは想像すらできませぬが、身代わりをお受けになられたからには、葉月家を潰そうとたくらむ者に負けてはなりませぬ。遺言された定光様に代わってお頼み申します。どうか、御家をお守りください」

（わしは、乗った船は沈めん）

恵弘に懇願されてつい、いつもの言葉が出そうになったが、口には出さずにうなずいた。

「定光殿の思い、しかと受け止めた」

虎丸の言葉に、恵弘は安堵の笑みを浮かべて頭を下げた。

六

嵐のような一日が終わり、しばらくは穏やかに過ごせると思っていた虎丸と竹内たちだったが、翌日、思わぬことが起きた。目付役の山根真十郎が訪ねてきたのだ。

表御殿の自室に出ていた虎丸は、共にいた竹内に言う。

「登城まではまだ日があるというのに、なんの用だろうか。もしや、いなくなった新田一之真のことを、四郎がお上に言うたのではないか」

肝が据わった面持ちをしている竹内は、

「お会いすれば分かること」

と言い、先に立ち上がった。

虎丸は促されるまま、書院の間に出た。

下手に座して待っていた山根は、虎丸が座るまでじっと見ていた。

「お元気そうで何よりでございます」

そう言われて、虎丸は笑みを浮かべる。

「おかげさまで」

「今日おじゃまをしたのは他でもない。かねてよりお上がお達しの、登城のことです。定光殿には、明日の四つ（午前十時）までには登城をせよとのお達しにござる」

「お待ちを」

横から言葉をかけた竹内に、山根は眼光を鋭くする。

「登城までは、今しばらくのご猶予をいただいているはずですが、何か急なことでも」

「何か」

　真顔で問う竹内に、山根は厳しい顔で言う。

「実は、定光殿をこの目で確かめた上でお達しを伝えるよう、柳沢様から命じられてまいった。今のご様子ならば、登城できましょう。何ゆえ延ばされる」

　責めるように言う山根は、竹内の心底を探るような目をしている。

　竹内は何か言おうとしたが、

「承りました」

　虎丸が声をあげ、畳に両手をついた。

　視線を向けてきた山根は、

「遅れぬように」

　とだけ言い、帰っていった。

　虎丸は受けたものの、急に不安になり、寝所に皆を集めて車座になった。

「やけにあっさり帰ったな。不気味だ。四郎がお上に訴えたのではないか」

　虎丸が言うと、五郎兵衛が即座に否定した。

「考え過ぎです。疑われているなら、わざわざ登城させたりせず、山根殿が問いただしていたはずです」

虎丸はなお不安をぶつけた。

「山根殿は清廉潔白の目付役だ。伝えに来ただけだろう。四郎が訴えたのが柳沢であれば、体《てい》よく城へ呼び出し、上様の前で追及するつもりでは」

「あり得ませぬ」

五郎兵衛は熱く否定したが、

「いや、ないことはない」

竹内は冷静に言う。

「葉月家を疎んじている柳沢ならば、やりかねぬ。ただし、四郎が訴えていればの話。若殿が承諾されたからには、明日の登城を止めることは許されぬ。行くしかありませぬぞ」

「分かった」

ばれたら腹を切る覚悟を決めている虎丸は、皆を不安にさせることを言ったことを後悔した。

「うろたえてすまなかった」

竹内は首を横に振った。

「本丸へはお供をできませぬが、我らの気持ちは一つ。無事のお戻りを念じています」

虎丸はうなずき、皆と笑みを交わした。


翌朝、定められた刻限より早めに大手《おおて》門へ到着した虎丸は、本丸の入り口まで供をする五郎兵衛と二人で、脇門から入った。

本丸に上がり、中の口で五郎兵衛と別れた虎丸は、茶坊主の案内で廊下を歩む。

二度目だが慣れるはずもなく、身代わりを疑う四郎の影が、以前に増して虎丸を緊張させていた。

前の時は松の廊下を通る際に浅野《あさの》内匠頭《たくみのかみ》と吉良《きら》上野介《こうずけのすけ》のことを考えていた。浅野の本家である広島藩に累が及ばぬよう尽力した葉月家の危機を救い、恩を返したいと願われた広島の殿様のためにも、身代わりがばれぬよう気持ちを引き締めたはず。

だが、今日の虎丸には、浅野のことを考える余裕はまったくない。

茶坊主の背中ばかり見ていた虎丸であるが、白書院へ向かう廊下のことは忘れもしない。案内の茶坊主は、今日は違う角を曲がった。

どこに連れて行かれるのか。

益々《ますます》緊張が高まる虎丸の様子に気付いたのか、茶坊主が振り向き、笑みで言う。

「葉月様、これより先は、上様の覚えめでたきお方のみが通される場所でございますぞ」

虎丸は初め、何を言われたか分からなかったが、茶坊主の笑顔で幾分か緊張が解けた。

「そ、そうなのか」

「はい。ご活躍はわたしも耳にしております。諸大夫様も、さぞお喜びでございましょう」

将軍のおそばに仕えた諸大夫定義だけに、城内に知る者は多いはず。

嬉しそうな茶坊主もその一人なのだろうと思った虎丸は、ようやく笑みを浮かべた。

案内されたのは、将軍が普段暮らす中奥御殿の一室だった。

広大な庭が見渡せる下段の間に座した虎丸は、先ほどの茶坊主の言葉で自信を持ち、身代わりを疑われていないのだと自分に言い聞かせたものの、待たされるうちに、本丸御殿の懐深くに入れられた気がして、また落ち着かなくなった。

程なく廊下に小姓が現れ、

「お出ましになられます」

片膝をついて告げた。

虎丸は畳に両手をつき、平身低頭した。

人が入る気配があったが、何も声がかからない。

「上様と、大老格の柳沢様でございます」

白書院の時のように、茶坊主が教えて下がった。

同じように、座る気配を肌で感じ、頭に入れている口上を述べた。

「本日は上様の御尊顔を拝したてまつり、わたくし葉月定光めは恐悦至極《きょうえつしごく》に存じたてまつりまする」

「うむ。苦しゅうない。面を上げよ」

白書院とは違い、将軍綱吉の声が近くで聞こえた。

低く、威厳のある声に応じて顔を上げた虎丸の目に、穏やかな面持ちをした綱吉の顔が畳八畳分ほど間近にあり、慌てて目線を下げた。

綱吉は、虎丸を見つめて穏やかな声で言う。

「そなたのおかげで川賊が減り、年貢米が集まるこの時期に必ず出ていた被害もなかったと聞いた。大儀であった」

直々の言葉はそれだけであったが、武家の誉。その上褒美として差し出されたのは、葵《あおい》の御紋が入った陣羽織だった。むろん、身に着けることは許されない。家宝として大切に保管するのだ。

五郎兵衛が見れば、泣いて喜ぶに違いない。

そう思いながら、虎丸は竹内からたたき込まれていた褒美に対するお礼の言葉を間違えることなく述べ、下がろうとした。

畳まれた羽織を押し頂くようにして立ち上がった虎丸に、柳沢が厳しい表情を向けてきた。

「待たれよ」

「はは」

座り直す虎丸に、柳沢が言う。

「葉月家の川賊改役控えを解く。次の指示があるまで、ゆるりと養生するがよい」

役目を外されたことに、虎丸は驚いて柳沢を見た。

上座に向かって右側で、横向きに座っている柳沢は、これ以上言うことはないとばかりに前を向いた。

「身体をしっかり治せ」

綱吉から補足をするように言われ、虎丸は正面を向いて頭を下げた。

「お気づかい、おそれいりたてまつりまする」

立ち上がり、陣羽織を押し頂く姿勢で後ずさった虎丸は、廊下に出て向きを変え、待っていた茶坊主に従って引き上げた。

中の口で待っていた五郎兵衛は、虎丸が生きて戻ったことに安堵し、褒美までもらったことを泣いて喜んだ。

「泣くのは屋敷に帰ってからにしろ」

そう言いながら大手門を出ると、竹内が待っていた。五郎兵衛が駆け寄り、褒美の羽織を下賜《かし》されたことを教えると、竹内は虎丸に向かって頭を下げ、

「お疲れ様でございました」

そう言い、笑みを浮かべた。

その顔を見て、虎丸は嬉しくなった。

「やっと笑った顔を見せてくれたな」

思わず言うと、竹内は真顔になり、照れたように目をそらして咳《せき》ばらいをした。

大名たちが登城しない大手門前は静かだが、どこに耳があるかわからない。

皆それからは黙って歩き、屋敷に帰った。

寝所で車座になり、これからのことを話し合った。

真っ先に声をあげたのは伝八だ。

「川賊改役控えを解かれたことは、御家としては無役になりましたが、落ち着いた日が戻ることは良いことと思います。恵弘が証言してくれたことで、誰も疑う者はおりませぬ。これからは恐れず皆の前に出ていただき、じっくり御家に馴染《なじ》んでいただけましょう。ねえ、御家老」

「うむ」

竹内も一安心といったところのようだ。

虎丸は、帰りながら案じていたことを竹内に持ちかけた。

「船手方はどうする。役料をもらえぬようになるのだろう」

竹内はうなずいた。

「厳しくなりますが、船を持っているかぎり、いつ川賊探索の奉書が届くか分かりませぬゆえ、船手方の家来たちをそのまま召し抱え、本所の下屋敷に詰めさせたほうがよろしいかと考えています」

「では、皆に暇を出さぬのだな」

「はい」

「良かった」

励んでいた者たちに暇を出さぬと知り、虎丸は胸をなで下ろした。


その頃、江戸城本丸御殿では、綱吉の御用を終えた柳沢が詰め部屋に戻っていた。

部屋に座して待っている者の背中を見つつ正面に回り込み、対面して座った。

「いかがでございましたか」

そう訊いたのは、五色四郎だ。

柳沢は、平常な面持ちで言う。

「確かにおぬしが申すとおり、言われて聞いてみれば、言葉つきに癖があるようにも思えるが……」

四郎は身を乗り出し、必死の面持ちで訴えた。

「奴は偽者に決まっています。処罰を」

「断じるはまだ早い。下がれ」

「御大老格様、偽者ですぞ」

柳沢は、四郎を睨んだ。

「くどい。下がれと申しておる」

四郎は無念そうに頭を下げ、出ていった。

柳沢は、火鉢を引き寄せて火箸《ひばし》を取り、灰をつつきながら何ごとか考えていた。

やがて、何かに思い当たったのか、火箸を荒々しく灰に突き刺し、一人で笑いはじめた。

たくらみを含んだ柳沢の笑顔を虎丸が見れば、さぞや背筋が寒くなったことだろう。

夜のとばりが降りた江戸の町では、北風と共に小雪が舞っている。

本書は書き下ろしです。

疑《うたが》う眼差《まなざ》し

身代《みが》わり若殿《わかどの》　葉月定光《はづきさだみつ》5

佐々木裕一《ささきゆういち》

令和2年　3月25日　初版発行

発行者●郡司 聡

発行●株式会社KADOKAWA
〒102-8177　東京都千代田区富士見2-13-3
電話　0570-002-301（ナビダイヤル）

角川文庫 22097

印刷所●株式会社KADOKAWA
製本所●株式会社KADOKAWA

表紙画●和田三造

ISBN 978-4-04-108047-4　C0193

◆◇◇

角川文庫発刊に際して

角川源義

第二次世界大戦の敗北は、軍事力の敗北であった以上に、私たちの若い文化力の敗退であった。私たちの文化が戦争に対して如何に無力であり、単なるあだ花に過ぎなかったかを、私たちは身を以て体験し痛感した。西洋近代文化の摂取にとって、明治以後八十年の歳月は決して短かすぎたとは言えない。にもかかわらず、近代文化の伝統を確立し、自由な批判と柔軟な良識に富む文化層として自らを形成することに私たちは失敗して来た。そしてこれは、各層への文化の普及滲透を任務とする出版人の責任でもあった。

一九四五年以来、私たちは再び振出しに戻り、第一歩から踏み出すことを余儀なくされた。これは大きな不幸ではあるが、反面、これまでの混沌・未熟・歪曲の中にあった我が国の文化に秩序と確たる基礎を齎らすためには絶好の機会でもある。角川書店は、このような祖国の文化的危機にあたり、微力をも顧みず再建の礎石たるべき抱負と決意とをもって出発したが、ここに創立以来の念願を果すべく角川文庫を発刊する。これまで刊行されたあらゆる全集叢書文庫類の長所と短所とを検討し、古今東西の不朽の典籍を、良心的編集のもとに、廉価に、そして書架にふさわしい美本として、多くのひとびとに提供しようとする。しかし私たちは徒らに百科全書的な知識のジレッタントを作ることを目的とせず、あくまで祖国の文化に秩序と再建への道を示し、この文庫を角川書店の栄ある事業として、今後永久に継続発展せしめ、学芸と教養との殿堂として大成せんことを期したい。多くの読書子の愛情ある忠言と支持とによって、この希望と抱負とを完遂せしめられんことを願う。

一九四九年五月三日

角川文庫ベストセラー

もののけ侍伝々
京嵐寺平太郎
佐々木裕一

江戸で相次ぐ怪事件。広島藩の京嵐寺平太郎は、幕府の命を受け解決に乗り出す羽目に。だが事件の裏には、幕府に怨念を抱く僧の影が……三つ目入道ら仲間の妖怪と立ち向かう、妖怪痛快時代小説、第1弾！

もののけ侍伝々2
蜘蛛女
佐々木裕一

将軍家重側近の屋敷に巨大な蜘蛛の妖怪が忍び込む怪事件が発生。京嵐寺平太郎は、天下無敵の妖刀茶丸、三つ目入道、白孤のおきんらと解決に乗り出すが背後には幕府滅亡を企む怪僧の影が……シリーズ第2弾！

もののけ侍伝々3
たたり岩
佐々木裕一

「貴様の里を焼き払ろうてくれる」そう言い残し消えた厳道。故郷の心配をしつつ、次々に舞い込む化け物退治の依頼を、妖怪仲間と共に解決するが、ついに故郷から一大事を知らせる手紙が……どうする平太郎！

もののけ侍伝々4
怪刀平丸
佐々木裕一

将軍家に献上する刀が、赤く怪しい光を放ち将軍・家重を襲う！　京嵐寺平太郎は〝妖刀茶丸〟を携え駆けつける。これも幕府滅亡を目論む真之悪太郎の仕業なのか。やがて刀と悪太郎の意外な過去が明らかに！

もののけ侍伝々5
もみじ姫
佐々木裕一

大名の側室となり国許から江戸へ出た庄屋の娘・もみじ。よく尽くす娘だったが、正室の千代は辛い仕打ちをする。それが恐ろしい厄災を招くとは知らずに。その国許に魔物が現れると聞いた京嵐寺平太郎は……。

角川文庫ベストセラー

はなの味ごよみ
にぎり雛
高田在子

入り婿侍商い帖
凶作年の騒乱（一）
千野隆司

入り婿侍商い帖
凶作年の騒乱（二）
千野隆司

入り婿侍商い帖
凶作年の騒乱（三）
千野隆司

刃鉄《はがね》の人
辻堂魁

桃の節句の前日、はなの働く一膳飯屋「喜楽屋」に、降りしきる雨のなかやってきた左吉とおゆう。何か思い詰めたような2人は、「卵ふわふわ」を涙ながらに食べた後、礼を言いながら帰ったはずだったが……。

米商いの幅を広げる角次郎。だが凶作の年、信頼関係を築いてきた村名主から卸先の変更を告げられる。さらに村名主は行方不明となり……世間の不穏な空気と、大黒屋に迫る影。角次郎は店と家族を守れるか？

『悪徳米問屋大黒屋の売り惜しみを許すまじ』――。凶作で米の値が上がり続ける中、何者かがばらまいた読売。煽られた人々の不満は大黒屋に向かい、打壊しまでもが囁かれ始め……人気シリーズ新章第二弾！

打壊しの危機を乗り越えた大黒屋。角次郎は長く大黒屋を支える番頭の直吉に暖簾分けを考えるも、その矢先、直吉が殺人疑惑で捕まった。直吉を救うため奔走する一同だが、何者かが仕掛けた罠は巧妙で……？

刀鍛冶の国包は、家宝の刀・来国頼に見惚れ、天稟の素質と言われた武芸の道をも捨てて刀鍛冶の修業にのめり込んだ。ある日、本家・友成家のご隠居に呼ばれ、ある父子の成敗を依頼され……書き下ろし時代長編。

角川文庫ベストセラー

不義 刃鉄《はがね》の人　辻堂魁

刀鍛冶・国包に打刀を依頼した赤穂浪士。だが男は受け取りに現れることなく、討ち入りした四十七士の中に、その名は無かった。刀に秘された悲劇、そして国包が見た〝武士の不義〟の真実とは。シリーズ第2弾。

あらくれ 刃鉄《はがね》の人　辻堂魁

刀鍛冶・国包の仕事場に、異形の巨漢が現れた。団十郎に憧れるその男、世間では〝かげま団十郎〟と呼ばれる旅一座の座長だった。自身が持つ朱鞘の小さ刀と同じこしらえの大刀を打ってほしいというのだが――。

江戸の御庭番　藤井邦夫

江戸の隠密仕事専任の御庭番、倉沢家に婿入りした喬四郎。将軍吉宗から直々に極悪盗賊の始末を命じられ、探ると背後に潜む者の影が。息を呑む展開とアクション。時代劇の醍醐味満載の痛快忍者活劇！

源氏天一坊 江戸の御庭番2　藤井邦夫

御庭番の倉沢家に婿入りした喬四郎。凄腕の隠密だが、義母の前では形無しだ。将軍吉宗の命で、浪人の押し込みや辻強盗が急増した理由を探ると、新大名を立てようとする謀略、そして謎の修験者の影が……。

忍び崩れ 江戸の御庭番3　藤井邦夫

御庭番の倉沢家に婿入りした凄腕の忍び・喬四郎は、旗本の小普請組支配組頭が相次いで急死した事態をうけ、吉宗より探索を命じられた。調べをすすめると、金で仕事を請け負う〝はぐれ忍び〟の集団の影が……。